KB142996

세상의 모든 여자는 체르노보로 간다

알리나 브론스키

Baba Dunjas letzte Liebe

Alina Bronsky

차례

등장인물

바바 두냐 (에브토키야 아나톨예브나)

예고르 (바바 두냐의 남편)

이리나 (바바 두냐의 딸)

로베르트 (바바 두냐의 사위)

알렉세이 (바바 두냐의 아들)

아서 (바바 두냐네 고양이)

라우라 (바바 두냐의 손녀)

마르야 (바바 두냐의 이웃)

페트로프 (이웃)

콘스탄틴 (마르야의 수탉)

가브릴로프 부부 (이웃)

레노치카 (이웃)

시도로프 (이웃, 100세 넘은 노인)

아글라이아(글라샤) (소녀)

게르만 (죽은 남자)

아르카디 세르게예비치 (변호사)

인물 관계도

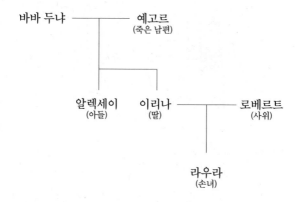

바바 두냐 ──────── 예고르
(죽은 남편)

알렉세이   이리나 ──────── 로베르트
(아들)   (딸)   (사위)

라우라
(손녀)

1부

고향 체르노보

—더 이상 아무것도 두렵지 않다

한밤중에 마르야의 수탉 콘스탄틴이 또 내 잠을 깨운다. 마르야에게 놈은 일종의 대리 남편이다. 마르야는 수탉을 기르면서 병아리 때부터 애지중지해 버릇을 나쁘게 들여놓았다. 이제 수탉은 다 자랐고 도대체 쓸모가 없다. 놈은 거만하게 마르야의 마당을 제집처럼 돌아다니며 곁눈질로 내 쪽을 건너다본다. 수탉의 생체시계는 고장이 나서 제멋대로다. 전부터 쭉 고장이 나 있었지만 나는 그게 방사능 때문이

라고 생각지 않는다. 태어날 때부터 멍청한 것을 전부 방사
능 탓으로 돌릴 수는 없다.

나는 이불을 걷어내고 맨발로 바닥을 디딘다. 마룻바닥에
깔개가 놓여 있다. 내가 낡은 시트를 길게 찢어 엮은 것이
다. 겨울에는 정원을 돌볼 일이 없으니 시간이 많이 남아돈
다. 나는 겨울에 밖에 나가는 일이 좀처럼 없다. 물이나 장
작을 가지러 아니면 집 앞에 쌓인 눈을 치우려고나 나갈까.
하지만 지금은 여름이다. 나는 마르야의 수탉 모가지를 비
틀 작정으로 새벽에 일어난다.

나는 아침마다 독일제 트레킹 샌들 속에 불거진 마디의
넓적한 내 발을 볼 때마다 깜짝깜짝 놀란다. 독일제 샌들은
튼튼하기 짝이 없다. 그 어떤 것보다 질긴 샌들은 몇 년 후
에 나보다 더 오래 세상에 남아 있을 게 틀림없다.

내 발이 늘 지금처럼 닳고 넓적한 건 아니었다. 한때는 갸
름하고 고왔다. 길거리의 먼지를 잔뜩 뒤집어써도, 어떤 구
두를 신지 않아도 정말 아름다웠다. 예고르는 내 발을 사랑
했다. 그는 다른 남자들이 내 발끝만 봐도 몸이 후끈 달아오
른다며 맨발로 나다니지 못하게 했다.

이제 예고르가 슬쩍 내 발을 볼 때면 나는 트레킹 샌들에
서 불거져 나온 혹을 가리키며 말한다. "이거 보이지. 좋은
시절 다 지나고 남은 게 뭐야?"

그러면 예고르는 껄껄 웃으며 내 발은 지금도 여전히 예

쁘다고 한다. 거짓말쟁이. 예고르는 죽은 이후로 매우 공손해졌다.

몸의 순환이 원활해지려면 몇 분 있어야 한다. 나는 자리에 서서 침대 모서리를 꽉 붙든다. 머리가 아직 좀 띵하다. 마르야의 수탉 콘스탄틴이 막 모가지가 비틀리기라도 하는 듯 캑캑댄다. 어쩌면 누군가 나보다 먼저 왔는지도 모른다.

나는 의자에 걸쳐둔 목욕 가운을 집는다. 한때 검은 바탕에 빨간 꽃이 있는 화려한 목욕 가운이었다. 지금은 더 이상 꽃이 보이지 않는다. 하지만 목욕 가운은 깨끗하고, 내겐 깨끗한 게 중요하다. 이리나가 새것을 보내준다고 했다. 나는 목욕 가운을 걸치고 허리띠를 맨다. 그리고 오리털 이불을 활활 털어서 침대에 펼쳐 놓고 손으로 쫙 편 다음 그 위에 뜨개질한 침대 커버를 덮는다. 그런 다음 나는 문 쪽으로 간다. 잠에서 깨어난 후 떼는 첫걸음은 언제나 느리다.

마을을 덮은 하늘은 하도 빨아서 빛바랜 침대보처럼 옅은 색이다. 해가 살짝 보인다. 만인을 위해 똑같은 해가 비춘다는 생각은 하지 않으련다. 그러니까 영국 여왕에게, 미국의 흑인 대통령에게, 독일의 이리나에게, 마르야의 수탉 콘스탄틴에게, 그리고 나 바바 두냐, 30년 전까지 골절에 부목을 댔고, 남의 애를 받아주었고, 오늘 도살자가 되겠다고 결심하는 나에게 말이다. 콘스탄틴은 멍청한 피조물이다. 녀석이 내는 소음은 아무짝에도 쓸모가 없다. 게다가 난 닭고기 수프를 먹은 지도 벌써 한참 되었다.

수탉은 울타리에 올라앉아 나를 흘겨본다. 내 사과나무 둥치에 기대어 있는 예고르가 시야에 들어온다. 예고르의 일그러진 입은 조롱의 뜻이 역력하다. 비딱하게 기울어진 울타리가 바람에 흔들린다. 그 위에서 멍청한 닭이 술 취한 줄타기꾼처럼 균형을 잡는다.

"귀여운 것, 이리 와, 이리 오렴. 널 찍소리 못 하게 죽여 줄게." 내가 말한다.

나는 손을 뻗는다. 수탉은 날개를 퍼덕이며 새된 소리를 지른다. 닭목에 축 늘어진 육수는 붉은색이라기보다 회색에 가까운데 신경질적으로 떨리고 있다. 나는 녀석의 나이가 얼마나 되었는지 기억해내려 애쓴다. '마르야는 날 용서하지 않겠지.' 나는 생각한다. 내 손이 공중에 뻗은 채 그대로 굳어버린다.

그리고 이어, 내가 손을 갖다 대기도 전에 수탉이 발밑에 툭 떨어진다.

§

마르야는 가슴이 미어질 거라고 했다. 그러니까 내가 해야 한다.

뒤뜰에서 마르야는 내 곁에 앉아 체크무늬 손수건으로 코를 팽 푼다. 마르야는 돌아앉아 내가 희끗한 닭털을 잡아 뜯어 비닐봉지에 던져 넣는 것을 보지 않는다. 솜털이 공중에 훨훨 떠돈다.

"닭은 날 사랑했어. 내가 뜰에 나가면 항상 나를 사랑하는 눈으로 쳐다봤어." 마르야가 말한다.

비닐봉지가 반이나 가득 찼다. 콘스탄틴은 이미 점잖지 못하게 거의 알몸으로 내 무릎에 누워 있다. 녀석의 한쪽 눈이 허옇게 까뒤집힌 채 하늘을 올려다본다.

"이것 봐. 콘스탄틴이 아직도 귀를 기울이고 있나 봐." 마르야가 말한다.

"닭이 너에게서 아직 듣지 못한 말은 장담컨대 하나도 없어."

그건 사실이다. 마르야는 항상 닭과 대화를 나누었다. 그 때문에 지금부터 내 평온이 줄어들까 걱정이다. 나를 제외한 모든 사람들은 대화를 나눌 상대가 필요하다. 그리고 마르야는 특히 더 그렇다. 나는 마르야와 제일 가까운 이웃이고, 지금은 명색만 남았지만 한때는 멀쩡했을 울타리만 우리의 땅을 가르고 있다.

"제발 말 좀 해 봐, 정확히 어떻게 된 건지." 마르야는 과부처럼 징징댄다.

"벌써 수천 번도 더 말해줬잖아. 녀석이 멱따는 소리를 내기에 나가 봤더니 갑자기 울타리에서 툭 떨어졌다고. 바로 내 발밑으로."

"누가 콘스탄틴에게 저주를 내렸나 봐."

나는 고개를 끄덕인다. 마르야는 저주 따위를 믿는다. 눈물이 마르야의 얼굴에 줄줄 흘러 깊은 주름살 속으로 사라진다. 그런데 마르야는 나보다 적어도 열 살은 더 젊다. 마르야는 배운 건 별로 없고 소젖 짜는 일을 하는 단순한 여인네다. 그녀가 이곳에서는 한 번도 젖소를 가져본 적이 없지만 그래도 염소는 한 마리 데리고 있다. 염소는 마르야의 집안에 살면서 그녀와 같이 텔레비전을 본다. 텔레비전에서 도대체 뭐라도 나온다면 말이다. 그렇게 마르야는 살아 숨쉬는 존재와 어울려 산다. 안타까운 건, 염소는 대답을 할수 없다는 거다. 그래서 내가 대답한다.

"대체 누가 저주를 내렸을까, 멍청한 네 닭대가리에게 말이야."

"쉬잇, 누가 망자에게 그런 말을 해. 아무튼, 사람들은 못됐어."

"사람들은 게을러. 네가 닭을 삶을래?" 내가 말한다.

마르야가 손사래를 친다.

"좋아, 그럼 내가 하지."

마르야는 고개를 끄덕이며 닭털이 든 비닐봉지를 슬쩍 훔쳐본다.

"사실 난 땅에 묻어주려 했는데."

"그럴 거였으면 진즉 말을 했어야지. 이제 네가 닭털을 몸통 옆에 가지런히 놓아주어야 하늘나라에서 닭 친구들이 놀려대지 않을 거 아냐."

마르야는 곰곰이 생각한다.

"어휴, 뭐래. 자기가 닭을 삶아서 이따가 절반은 나를 줘."

나는 일이 이렇게 될 줄 알고 있었다. 우리는 어쩌다 한 번씩 고기를 먹고, 게다가 마르야는 엄청 먹성이 좋은 사람이다.

나는 고개를 끄덕이고, 말라서 쭈글쭈글해진 수탉의 눈꺼풀로 생기 없는 눈알을 덮어준다.

§

하늘나라 이야기는 거기까지만 했다. 나는 하늘나라를 믿지 않는다. 다시 말해, 나는 우리 머리 위에 하늘이 있다는 건 믿지만, 죽은 사람들이 하늘에 있지 않다는 것을 안다. 나는 아주 어렸을 적에도 구름을 새털 이불처럼 포근하게 덮을 수 있다는 얘기를 결코 믿어본 적이 없다. 나는 구름을 솜사탕처럼 먹을 수 있다는 말은 믿었다.

망자들은 우리들 사이에 있는데, 그들은 자신이 죽어 육신이 이미 흙 속에서 다 썩어버렸다는 것조차 모를 때가 많다.

체르노보는 크지 않은 마을인데도 자체 묘지가 있다. 왜냐하면 말리치 도시에서 우리 시신을 더 이상 받으려 하지 않기 때문이다. 사람들이 살아 있지 않아도 시신에서 방사능이 계속 방출되는 까닭에 체르노보 사람들을 말리치에 매장하려면 납으로 만든 관을 써야 한다는 문제를 두고 현재 도시 행정부에서 논의 중이다. 상황이 이런 한 우리는 150년 전 옛날에 교회였고 30년 전까지는 마을 학교였던 터를 임시 묘지로 써야 한다. 그곳은 나무 십자가가 서 있는 단출한 묘지인데 어떤 무덤에는 경계석조차 없다.

내 의향을 묻는다면 나는 절대로 말리치에 묻히지 않을 것이다. 불행한 원전 사고가 있은 후 거의 모든 사람들처럼 나도 마을을 떠났다. 때는 1986년이었고, 우리는 처음에 무슨 일이 일어났는지 알지 못했다. 그러다가 보호복으로 무장한 방사능 해체 작업자들이 체르노보에 와서 삑삑거리는 기계를 들고 큰길을 이리저리 돌아다녔다. 사람들은 완전히 공황 상태에 빠졌다. 어린아이들이 있는 가족들은 최대한 서둘러 짐을 꾸렸다. 요를 둘둘 말고, 찻주전자 속에 보석과 양말을 쑤셔 넣고, 가구는 지붕의 랙에 묶어두고 황망하게 집을 떠났다. 서둘러야 했다. 왜냐하면 원전 사고가 바로 어제 일어난 게 아니었기 때문이다. 하지만 우리에게 아무도 제때 확실하게 알려주지 않았다.

나는 그 당시 아직 젊어서 50대였지만 아이들은 이미 집에 있지 않았다. 그래서 크게 걱정하지 않았다. 이리나는 모스크바에서 대학을 다녔고 알렉세이는 막 알타이 산맥으로 여행을 떠나고 없었다. 나는 맨 마지막에 체르노보를 떠난 사람들 가운데 하나였다. 나는 다른 사람들을 도와주었다. 아이들의 옷가지를 자루에 쑤셔 넣고, 지폐를 숨겨둔 마룻바닥의 널판을 뜯어냈다. 사실 나는 다른 곳으로 가야 한다는 생각을 하지 않았다.

예고르는 수도에서 보내준 마지막 차에 나를 밀어 넣고 자신도 비집고 들어와 앉았다. 예고르는 공황 상태에 전염되었다. 마치 자신의 정자들이 아직 수많은 아이들을 생산할 의무가 있어서 당장 안전한 곳으로 옮겨 놓아야 할 것처럼 굴었다. 그런데 그는 이미 오래전부터 하체가 부실하고 텅 비고 시들어버린 터였다. 원전 사고 소식은 잠시나마 예고르의 이성을 일깨웠다. 그래서 세상이 멸망한다고 징징거리며 내 신경을 긁어댔다.

이곳으로 돌아온 이후 나는 혼자 살기에 집에 큰 솥이 없다. 손님들이 떼로 몰려들어 줄지어 서 있는 것도 아니다. 나는 결코 두고두고 먹을 만큼 음식을 많이 해놓지 않고 매일 새로 만들어 먹는다. 보르시 수프(Borscht, 러시아의 대표적 전통음식으로 비트, 고기, 양파 등을 넣고 끓인 붉은색 수프)만 여러 번 데워 먹는다. 보르시 수프는 매일 다시 끓일 때마다 맛이 더 깊어진다.

나는 찬장에서 찾아낸 제일 큰 솥을 꺼낸다. 그리고 그 솥에 맞는 뚜껑을 찾는다. 여러 해에 걸쳐 수많은 뚜껑을 모았는데 죄다 짝이 맞지 않지만 쓰기에는 충분하다. 나는 수프에 들어갈 닭대가리와 닭발을 잘라놓은 후 고양이에게 줄 꼬리뼈도 자른다. 이어 솥에 몸통을 넣고, 대가리와 발, 그리고 텃밭에서 뽑아 껍질을 벗긴 당근, 국물에 노르스름한 색을 내려고 양파를 껍질째 넣는다. 모든 재료가 푹 잠길 만큼 양동이에 떠다 놓은 우물물을 넉넉히 붓는다. 윤기가 반지르르 도는 수프 국물은 기름지고 영양가가 많을 것이다.

원전 사고가 터졌을 때 나는 피해를 입지 않은 사람들 축에 든다고 생각했다. 아이들은 다 안전한 곳에 있었고, 남편은 어차피 오래 살지 못할 터였다. 그리고 내 몸뚱어리는 당시도 이미 튼튼했다. 따지고 보면 나는 잃을 게 하나도 없었다. 게다가 나는 언제라도 죽을 각오가 되어 있었다. 어느 날 갑자기 죽음의 기습을 당하지 않기 위해 내가 죽을 수 있다는 가능성을 항상 열어두고 있어야 한다는 것을 직업을 통해 배웠다.

지금도 내가 아직 살아 있다는 게 매일같이 놀랍다. 혹시나 또한 자신의 이름이 이미 묘비에 새겨져 있음을 알려 하지 않고 유령으로 휘휘 돌아다니는 망자들 가운데 하나가 아닌가 하고 이틀마다 스스로에게 묻는다. 누군가는 돌아다니는 망자들에게 말해 주어야겠지만 과연 누가 그렇게 뻔뻔하겠는가. 나는 아무도 내게 말해주는 이가 없어서 기쁘다.

나는 세상의 온갖 것을 다 보았고, 더 이상 아무것도 두렵지 않다. 죽음은 올 수 있다. 하지만 부디 점잖게 오기를.

끓는 솥에서 거품이 인다. 나는 불을 줄이고 못에 걸려 있던 국자를 꺼내 솥 가장자리로 밀려나 겹겹이 지저분해지는 거품을 걷어내기 시작한다. 물이 계속 끓어오르면 거품은 자잘하게 부서지며 국물 전체에 퍼질 것이다. 국자에 떠낸 거품은 쪼그라든 회색 구름처럼 탁하고 맛없어 보인다. 나는 거품을 고양이 밥그릇에 버린다. 고양이는 그래도 사람보다 덜 예민하다. 지금 있는 고양이는 내가 돌아왔을 때 집에 있던 고양이가 낳은 자식이다. 사실 고양이가 집주인이고, 나는 손님이다.

몇 안 되는 이웃 마을은 황폐하다. 집들은 그대로 서 있지만 벽은 허물어져 기울고 쐐기풀이 지붕 밑까지 무성하게 웃자랐다. 쥐는 한 마리도 보이지 않는데, 쥐한테는 쓰레기가 필요하기 때문이다. 싱싱하고 기름진 쓰레기. 쥐는 사람들이 필요하다.

체르노보에 돌아왔을 때 나는 집집마다 돌아다니며 지낼 곳을 골랐을 수도 있었으리라. 나는 낡은 우리 집을 택했다. 문은 열린 채였고, 가스통은 절반도 비지 않은 상태였다. 우물은 걸어서 몇 분밖에 걸리지 않는 곳에 있고, 정원은 아직 형태를 알아 볼 수 있었다. 쐐기풀을 뽑아내고 블랙베리 덤불을 쳐내는 데만 몇 주가 걸렸다. 당연히 텃밭이 필요했다.

나는 걸어서 버스 정류장까지 간 후 다시 말리치까지 한참 차를 타고 가는 일을 자주 할 수 없다. 하지만 먹는 일은 하루에 세 번을 해야 한다.

그때부터 나는 정원의 1/3을 텃밭으로 일구어 쓴다. 그것이면 충분하다. 대가족을 이루었다면 정원 전체를 다 밭으로 썼을 거다. 나는 원전 사고 전에 살림을 아주 잘 관리했던 덕을 지금 보고 있다. 온실은 예고르가 손수 지은 것이다. 온실 덕에 토마토와 오이를 마을 사람들 가운데 누구보다 내가 일주일 일찍 딴다. 정원에는 녹색과 빨간색 구스베리, 레드커런트, 블랙커런트, 백색방수구리, 그리고 내가 가을에 세심하게 보살펴 새로운 싹이 움트는 오래된 관목이 있다. 또 사과나무 두 그루, 산딸기 울타리가 있다. 이 마을에서 많은 결실을 맺는 풍요로운 곳이다.

최대한 줄여놓은 불 위에서 닭고기 수프가 보글보글 끓는다. 늙어서 질긴 닭살이 연해져 뼈에서 저절로 떨어질 때까지 두 시간 아니, 세 시간 정도 뭉근히 끓이는 게 더 좋겠다. 사람의 경우와 다름없이 늙은 살은 쉽게 떨어져 나오지 않는다.

닭고기 수프 냄새에 고양이가 흥분한다. 고양이는 야옹거리며 내 발 주위로 살며시 다가와 두꺼운 모직 스타킹을 신은 장딴지에 몸을 비벼댄다. 추위를 타는 것에서 내가 나이가 들었음을 느낀다. 이제는 심지어 여름에도 모직 양말을 신지 않고는 밖에 나가지 않는다.

고양이는 새끼를 뱄다. 나중에 닭 껍질과 연골도 주어야겠다. 고양이는 가끔 곤충이나 거미를 잡는다. 체르노보에는 거미가 많다. 원전 사고 이후 해충들이 많이 늘었다. 일 년 전에 생물학자가 찾아와 우리 집에 있는 거미줄 사진을 찍었다. 나는 거미줄을 그냥 내버려 둔다. 마르야가 나더러 칠칠치 못한 주부라고 해도.

늙어서 좋은 점은 더 이상 아무에게도 허락을 구할 필요가 없다는 거다. 낡은 자신의 집에 살아도 되는지, 거미줄을 그대로 놔둬도 되는지 물어볼 필요가 없다. 거미도 내가 살기 전에 여기에 살았다. 생물학자는 꼭 무슨 무기 같아 보이는 카메라로 거미집을 찍었다. 그는 조명등을 설치하고 집의 구석마다 조명을 밝혔다. 생물학자가 할 일을 편안하게 하라고 나는 아무것도 반대하지 않았다. 기계가 삑삑 소리를 낼 때마다 내 등이 근질거려서 소리를 줄이기만 하면 되었다.

생물학자는 우리 마을에 해충이 무지 많은 이유를 설명해주었다. 원전 사고 이후 우리 지역에 새들이 많이 줄었기 때문이었다. 그래서 곤충과 거미들이 거침없이 늘어난다. 그런데 우리 마을에 고양이는 왜 이렇게 많은지에 대해서는 생물학자가 설명하지 못했다. 아마 고양이들은 나쁜 것으로부터 자신을 보호하는 무언가를 가진 모양이다.

두 번째 고양이가 소리 없이 문으로 들어온다. 내 집에 사는 고양이는 잔뜩 등을 구부려 하악질을 한다. 우리 집 고양이는 야수다. 아무도 문턱을 넘어서지 못하게 한다.

"아서, 착하지." 나는 말한다. 하지만 우리 집 고양이는 착하지 않다. 고양이는 연신 씩씩 소리를 내며 털을 곤두세운다. 고양이는 꼬리가 절반만 있다. 누가 꼬리를 잘랐다. 나는 항상 고양이와 닭을 길렀고 예전에는 개도 기른 적이 있었다. 그래서 나는 시골에 사는 게 좋다. 그게 내가 마을로 돌아온 이유 가운데 하나이기도 하다. 이곳 동물은 비록 방사능에 오염되어 기형이 되었을지언정 도시의 동물처럼 머리가 병들지는 않았다. 도시의 소음과 비좁음은 고양이와 개를 미치게 한다.

이리나는 당시 내가 체르노보로 돌아가는 것을 말리려 독일에서 일부러 날아왔다. 이리나는 온갖 수단과 방법을 동원하면서 심지어 울기까지 했다. 무슨 일이 있어도 절대로 울지 않는 내 딸 이리나는 어린 소녀였을 때부터 울지 않았다. 그런데 내가 딸에게 울지 못하게 한 것은 아니었고 반대로 가끔 우는 게 건강에 좋다고 말했다. 하지만 이리나는 사내아이처럼 나무와 울타리를 기어오르다 가끔 떨어질 때도 있었고 그러다 두들겨 맞으면서도 절대로 울지 않았다. 이후 이리나는 의학을 전공하고 지금은 독일 연방 방위군 소속의 외과 의사로 있다. 그런 아이가 내 딸이다. 이리나가 나중에 털어놓은 얘기로는, 내가 다시 고향으로 돌아가겠다고 하는 오직 그 이유 때문에 어쩔 수 없이 울 수밖에 없었다고 한다.

"난 너에게 이래라 저래라 시킨 적이 한 번도 없다. 그리고 네가 나에게 이래라 저래라 하는 것도 원치 않아." 나는 딸에게 설명했다.

"하지만 엄마, 대체 누가 멀쩡한 정신으로 죽음의 땅으로 돌아가겠다고 할 수 있겠어요?"

"아가, 네가 지금 하는 말은 아무것도 모르고 하는 소리야. 내가 미리 둘러봤는데 집들은 아직 그대로 서 있고 정원에 잡초가 무성하게 자라더라."

"엄마, 방사능이 뭔지 엄마도 잘 알잖아요. 모든 게 방사능에 오염되었어요."

"난 늙었어. 나를 방사능으로 오염시킬 수 있는 건 이제 아무것도 없다. 혹시 그렇다 해도 세상이 망하지는 않아."

딸은 딱 보면 외과 의사임을 알 수 있는 동작으로 눈물을 살짝 눌러 닦아냈다.

"전 엄마를 보러 그리로 가지 않을 거예요."

"안다. 어차피 넌 자주 오지도 않잖니." 내가 말한다.

"지금 저를 비난하는 거예요?"

"아니. 난 그게 좋아. 뭣 땜에 젊은 사람들이 노인네들 곁에 쪼그리고 앉아 있어야 하니."

이리나는 오래전 어렸을 때처럼 고개를 갸웃하고 나를 쳐다봤다. 이리나는 내 말을 믿지 않았다. 하지만 나는 진심이었다. 이리나는 이 마을에 있을 수 없는 사람이다. 그리고 그 때문에 딸에게 죄책감을 느끼게 할 이유가 없다.

"몇 년에 한 번씩 말리치에서 우리가 만날 수 있어. 아니면 네가 찾아오면 언제든 볼 수 있지. 내가 살아 있는 한." 내가 말했다.

이리나가 휴가를 오래 낼 수 없음을 나는 알고 있었다. 그리고 휴가가 난다 해도 이곳에 와서 시간을 보낼 필요가 없다. 게다가 당시는 비행기 삯이 무척 비쌌는데 지금보다 훨씬 비쌌다.

우리가 서로 입에 올리지 않은 한 가지가 있었다. 원래 유난히 중요한 일에 대해서는 말을 꺼내지 않는 법이다. 이리나에게 딸이 하나 있고, 따라서 나에게는 손녀가 하나 있다. 아이는 라우라라는 아주 예쁜 이름을 가지고 있다. 우리 마을에 라우라라는 이름을 가진 소녀는 아직 한 번도 보지 못한 내 손녀뿐이다. 내가 마을로 돌아왔을 당시 라우라는 막 한 살이 되었다. 고향집으로 돌아온 이후 내가 앞으로 손녀를 결코 보지 못하리라는 것은 당연했다.

옛날에는 여름방학이 되면 도시에 사는 손주들이 모두 할머니 할아버지를 찾아 시골로 왔다. 여름방학은 길어서 뜨거운 여름 3개월 내내 방학이었고, 도시에 사는 부모들은 휴가를 그렇게 길게 얻지 못했다. 우리 마을에도 6월부터 8월까지 도시의 아이들이 사방을 돌아다니며 눈 깜짝할 사이에 햇볕에 그을린 얼굴, 색 바랜 곱슬머리, 거친 흙발이 되었다. 아이들은 삼삼오오 어울려 다니며 숲에 들어가 열매를 따고 강에서 물놀이를 했다. 또 새 떼들처럼 소란스럽게 큰길에 몰려다니고, 몰래 사과를 훔쳐 먹고, 진창에서 몸싸움을 했다.

아이들이 너무 거칠다 싶으면 밭으로 보내 수확을 망치는 감자잎벌레를 잡게 했다. 잡은 것은 양동이에 모았다가 나중에 불에 태웠다. 나는 지금도 수많은 감자잎벌레들의 딱딱한 껍질이 불 속에서 타닥거리는 소리가 귓전에 생생하다. 지금은 우리 마을에 그런 조그만 해충들은 없다. 원전 사고 이후 감자잎벌레가 들끓는 세상은 아직 보지 못했다.

체르노보에 사는 사람들은 모두 내가 과거에 병원 간호조무사였다는 것을 알고 있었다. 아이들의 뼈가 부러졌거나 배앓이가 도무지 가라앉지 않을 때 사람들은 나를 찾았다. 한번은 사내 녀석이 풋자두를 너무 많이 먹고 섬유소 때문에 장폐색이 일어났다. 사내아이는 얼굴이 허옇게 되어 배를 움켜잡고 바닥을 뒹굴고 있었다. 나는 당장 병원으로 데려가라고 했고 아이는 수술을 받고 나았다. 맹장에 걸린 사람, 벌침에 알레르기를 일으킨 사람도 병원행이었다.

나는 아이들을 좋아했다. 연신 달싹대는 발, 긁혀 생채기가 난 팔, 앵앵대는 목소리를 가진 아이들. 내가 오늘날 그리워하는 것이 있다면 바로 아이들이다. 현재 체르노보에 사는 사람들은 손주가 없다. 있다 한들 기껏해야 사진으로 볼 수 있을 뿐이다. 우리 집 벽은 라우라의 사진으로 도배되어 있다. 이리나가 편지를 보낼 때마다 거의 빼놓지 않고 새 사진을 보낸다.

아마 라우라도 방학이면 세상 걱정 없이 뛰노는 아이가 되었으리라. 모든 게 예전과 같다면. 하지만 나는 그런 상상을 하는 게 어렵다. 아기 때 사진에 라우라는 조그맣고 진지한 얼굴을 하고 있다. 그래서 나는 그 작은 머릿속에 대체 어떤 생각이 떠오르기에 아이의 눈에 그림자가 드리워져 있는지 궁금했다. 라우라는 머리에 핀이나 큰 리본을 단 적이 한 번도 없었다. 아기 때부터 벌써 웃지 않았다.

좀 최근의 사진에 라우라는 다리가 길고 머리카락은 거의 흰색이다. 여전히 진지한 표정을 짓고 있다. 라우라가 나에게 편지를 쓴 적은 아직 한 번도 없다. 아버지는 독일인이다. 이리나는 결혼식 사진을 보내 준다고 약속했다. 그것은 딸이 지키지 않았던 몇 안 되는 약속 가운데 하나였다. 지금은 애 아버지가 안부를 전해 달란다는 말을 늘 한다. 나는 딸이 독일에서 보내는 편지를 모두 상자에 넣어 책장에 보관한다.

나는 라우라가 건강하냐고 이리나에게 절대로 묻지 않는

다. 또 이리나의 건강에 대해서도 묻지 않는다. 내가 대답을 듣기 두려워하는 게 있다면 바로 딸의 건강에 대한 것이다. 딸의 건강을 위해 기도할 뿐이다. 비록 누군가 있어서 내 기도를 들을 리 없다고 생각하지만 말이다.

이리나는 항상 내 건강에 대해 묻는다. 2년에 한 번씩 만날 때마다 제일 먼저 내 혈액 수치부터 묻는다. 마치 내가 그것을 알고 있기라도 한 것처럼 말이다. 이리나는 혈압이 어떤지 묻고 또 내가 규칙적으로 유방 검사를 하는지도 묻는다.

"아가야, 나를 보렴. 내가 얼마나 늙었는지 네게도 보이지? 비타민을 안 먹고 수술과 건강 검진을 안 받고도 지금 이 나이까지 왔다. 만일 지금 내 몸에 고약한 게 자란다 해도 나는 그냥 놔둘 거다. 나는 더 이상 누구에게도 내 몸에 손을 대거나 바늘로 꿰매게 두지 않으련다. 내 몸에 대해 적어도 그 정도 권리는 있어."

그러자 이리나는 고개를 가로젓는다. 이리나는 내가 옳다는 것을 알지만 외과 의사로서 하는 생각에서 벗어날 수 없다. 나도 그만한 나이 때에는 비슷한 생각을 했다. 마찬가지로 내가 이리나의 나이였다면 오늘날 내 자신과 대판 싸웠을 것이다.

§

우리 마을을 가만히 들여다보면 이곳엔 산송장들만 돌아다니는 게 아닌 것 같다. 몇몇 이들은 그마저도 더는 오래 하지 못할 것인데, 그건 틀림없다. 그리고 그것은 오로지 원자로 때문만은 아니다. 우리들은 몇 명 남지 않아서 모두를 세는 데 두 손이면 충분하다. 5년 또는 7년 전, 여남은 사람들이 갑자기 한꺼번에 나를 따라 체르노보로 왔을 때는 우리들의 머릿수는 더 많았다. 그 사이에 몇몇은 장례를 치렀다. 다른 이들의 끈질김은, 약간 미친 모양으로 그물을 잣지만 도무지 없앨 수 없는 거미들과 같다.

예를 들면 마르야는 염소와 지금 내 솥에서 훌륭하게 끓고 있는 수탉과 더불어 이미 살짝 정신이 나갔다. 나와는 반대로 마르야는 자신의 혈압을 아주 정확하게 안다. 하루에 세 번씩 혈압을 재기 때문이다. 그녀는 혈압이 너무 높으면 알약을 먹는다. 혈압이 너무 낮으면 다른 알약을 삼킨다. 그래서 마르야는 언제나 할 일이 있다. 그런데도 지루해한다.

마르야는 온 마을을 초토화시킬 수 있을 만큼의 약을 쟁여 놓은 약장을 가지고 있다. 말리치에서 정기적으로 약을 가져다가 약장에 가득 채워 놓는다. 코감기와 설사에 항생제를 먹는다. 나는 마르야에게 항생제가 몸을 더 망쳐 놓으니 먹지 말라고 한다. 하지만 내 말을 듣지 않는다. 마르야는 내가 자신에 비해 건강하기 때문에 아무것도 모른다고 한다. 사실 나는 마지막으로 코감기가 걸렸던 적이 언제였는지 기억나지 않는다.

맛있는 닭고기 수프 냄새가 작은 우리 집에 가득 퍼지다 못해 창밖으로 새어나간다. 나는 솥에서 닭을 꺼내 식히려고 접시에 올려놓는다. 고양이는 주위를 빙빙 돌고, 나는 손가락으로 고양이를 위협한다. 채소를 건져낸다. 채소는 가진 맛을 국물에 다 내놓고 이제 흐물흐물한 형체만 남았다. 나는 채소 건더기를 낡은 신문에 싸서 퇴비가 있는 곳으로 가져간다. 퇴비 더미에서 호박이 자란다. 가을에 호박을 따서 마을에 나누어줄 것이다. 그러지 않으면 겨울 내내 호박을 넣은 기장 죽을 먹어야 한다.

국물을 체에 걸러 두 번째 솥에 담는다. 숱하게 많은 노란 기름들이 방울방울 눈동자가 되어 나를 쳐다본다. 잡지에서 국물에 뜬 기름도 제거해야 한다는 글을 읽은 적이 있다. 하지만 나는 그렇게 생각지 않는다. 살 생각이 있는 사람은 기름을 먹어야 한다. 설탕도 가끔 먹어야 한다. 그리고 특히 싱싱한 것을 많이 먹어야 한다. 나는 여름에 매일같이 오이 샐러드나 토마토 샐러드를 먹는다. 그리고 정원에서 푸르고 튼실하게 자라는 갖가지 허브, 딜, 차이브, 파슬리, 바질, 로즈마리도 잔뜩 먹는다.

이제 닭고기 살이 너무 뜨겁지 않아 손가락으로 집을 수 있다. 조심스럽게 뼈를 발라내고 살을 그릇에 담는다. 옛날에는 아이들에게 닭고기를 잘게 잘라 주었는데 그럴 때면 똑같이 나누어 주려고 신경을 썼다. 알렉세이는 이리나보다 겨우 18개월 어릴 뿐이었는데도 허약한 사내애였다. 그래서 때때로 알렉세이의 접시에 더 실한 살점을 놓아주려 했다.

체르노보에 닭이 많았기 때문에 우리는 닭고기 수프를 많이 먹었다. 나는 육수로 보르시(Borscht), 시치(Schi), 솔얀카(Solyanka) 수프를 만들었다. 그건 절대로 질리지 않았다. 이리나가 어린 라우라를 위해 닭고기 살을 잘게 자르는 모습을 상상해본다. 라우라가 내 곁에 있다면 제 엄마가 어렸을 때를 이야기해 주련만. 하지만 라우라는 저 먼 곳에 있고, 벽의 사진에서 슬픈 회색 눈으로 나를 바라본다.

할 일이 있을 때는 하루가 금방 지나간다. 나는 집을 청소한다. 팬티를 몇 개 빨아 정원의 빨랫줄에 넌다. 햇볕에 빨래가 말라 하얘진다. 두 시간 후에는 빨래를 개어 옷장에 넣을 수 있다.

내가 더럽혀 놓은 솥을 모래로 박박 문질러 닦고 우물물로 헹궈 마찬가지로 햇볕에 말린다. 나는 짬짬이 쉬어야 해서 신문을 가지고 집 앞의 벤치에 앉는다. 신문은 마르야에게서 가져온 거다. 마르야는 지금 사는 집에 들어왔을 때 집 안에 있던 신문을 발견했다. 옛날에 그 집에 혼자 살던 여자가 신문을 많이 읽었다. 그리고 그녀는 〈여성 노동자〉, 〈여성 농부〉 같은 좋은 여성 잡지도 매호 찾아 읽었다. 신문과 잡지는 빨랫줄에 묶여 침대 밑과 공구 창고에 있었다. 마르야는 그것을 전부 나에게 주었다. 나는 낮에 시간이 나거나 잠자기 전에 잡지를 읽는다.

내가 펼친 〈여성 농부〉에는 승아(마디풀과의 여러해살이풀)를 이용한 요리법을 비롯해 옷본, 콜호즈 집단 농장에서 벌어지는 짧은 사랑 이야기, 그리고 '왜 여성들은 여가 때에 바지를 입으면 안 되는가'라는 주제의 토론이 나와 있다. 잡지는 1986년 2월호다.

§

닭고기 수프의 절반을 덜어 조금 작은 냄비에 옮겨 담고 적당한 뚜껑을 찾는다. 냄비 손잡이를 잡고 마르야에게 가져간다. 울타리를 지나면서 눈을 잠시 깜박여야 한다. 콘스탄틴의 유령이 울타리에 앉아 바람에 흔들거린다. 나는 유령에게 고개를 끄덕여 인사하고, 유령은 날개를 거칠게 퍼덕대는 것으로 답한다.

마르야의 집 앞에 고양이들이 몰려든다. 이상한 일도 아닌 것이 집에서 쥐오줌풀 냄새가 스며 나오기 때문이다. 마르야는 거대한 여인인데 특히 옆으로 펑퍼짐하다. 안락의자에 앉은 마르야의 몸통이 팔걸이에서 푸짐하게 넘쳐난다. 시선은 안테나 두 개가 삐죽 솟은 텔레비전에 꽂혀 있다. 화면은 까맣다.

"오늘은 텔레비전에서 뭐가 나와?" 나는 물으며 냄비를 식탁에 내려놓는다.

"거지같은 것만. 늘 그렇지." 마르야가 말한다.

그래서 나도 텔레비전을 절대 켜지 않는다. 가끔 먼지를 털어낼 뿐이다. 고양이는 곧잘 텔레비전 위에 올라가 덮어놓은 레이스에서 잔다. 최근 말리치에 나갔을 때 쇼윈도에서 보았는데, 어느덧 그림처럼 벽에 거는 텔레비전이 있다. 반면에 마르야의 것은 불룩한 상자처럼 생긴 텔레비전으로 방의 절반을 차지한다.

"뭘 가져왔어?" 마르야는 나를 돌아보지 않는다. 안락의자에 몸이 꽉 끼여 있으면 몸을 움직이기가 어렵기 때문이다.

"수프. 네 몫." 내가 말한다.

그 말에 당장 마르야는 목 놓아 울기 시작하고, 마르야의 침대에 누워 있던 염소는 "매에에에!"하고 애처로운 소리를 낸다.

접시를 꺼내면서 마르야가 요즘 꽤 게을렀음을 확신하지 않을 수 없다.

그릇에 기름막이 끼어 있다는 것은 비누를 아꼈다는 뜻이다. 개수대에 곰팡이가 잔뜩 슬어 썩어 있다. 그러면서도 이 여자는 나더러 거미줄을 치우라고 잔소리다. 식탁에 갖가지 색의 곰팡이가 가득 피어 있다.

"마르야, 대체 이게 뭐야?" 내가 엄하게 말한다.

마르야는 한 손으로 그냥 내버려두라고 손짓하고, 다른 손으로는 젖가슴 골을 후빈다. 빨지 않은 옷이 몇 겹으로 겹쳐진 가슴골 사이에서 사진 한 장을 꺼내 나에게 내민다.

나는 안경을 이마로 밀어올리고 사진을 눈에 가까이 갖다 댄다. 흑백사진에 남녀 한 쌍이 보인다. 옷자락이 길게 늘어진 하얀 웨딩드레스를 입은 소녀와 검은색 양복을 입은, 넓은 어깨에 이마가 약간 좁은 청년이다. 소녀는 가슴이 저릴 만큼 아름답다. 짙은 속눈썹 아래 커다란 눈동자와 달콤한 키스를 부르는 입술. 몸에 딱 맞지 않아서 너무 커 보이는 웨딩드레스를 입은 신부는 부서질 듯 여려 보인다. 대조가 이보다 더 클 수 없다 해도 나는 사진 속의 소녀가 마르야임을 즉시 알아본다.

"그리고 이쪽은 네 남편 알렉산더?" 내가 묻는다.

이제 마르야는 더 크게 목 놓아 울면서 오늘이 결혼 51주년 되는 날이라고 한다.

마르야가 단순히 게으르고 칠칠치 못하기만 한 게 아니라는 생각을 진즉 했어야 했다. 마르야에게 우울증이 있기 때문에 게으르고 칠칠치 못한 거다. 내가 병원 간호조무사로 일하던 옛날에는 아무도 우울증에 걸린 사람이 없었다. 자

살하는 사람이 있으면 사랑 때문인 경우를 제외하고 정신병에 걸린 탓이라고 했다. 세월이 지나 신문에서 요즈음 우울증 같은 게 있다는 기사를 읽었다. 이리나가 마지막으로 찾아왔을 때 우울증에 대해 물었다.

이리나는 절대로 대답할 뜻이 없는 것처럼 나를 지긋이 바라보았다. 마치 국가 기밀이라도 되는 양 내가 그걸 왜 묻는지 알려고 했다.

나는 그냥 뭔지 알고 싶을 뿐이라고 했다. 그러자 이리나가 말했다. 독일에는 우울증이 아주 많이 퍼져 있다고, 실제로 위염이나 장염 바이러스처럼 흔하다고 했다.

지금 마르야를 보니 어느 땐가 우울증이 국경을 넘어 온 듯하다. 만일 마르야가 더 일찍 체르노보로 왔더라면 우울증을 피할 수 있었을 것이다. 여기 사는 우리에게 피해를 줄 수 없는 것이 있다면 그것은 나머지 다른 세상에서 도는 유행병이다.

마르야는 내게 이미 남편 알렉산더에 대해 많이 이야기했다. 주로 남편이 마르야를 늘씬하게 두들겨 패댔다는 얘기였다. 그는 어느 날 폭음을 한 상태에서 트랙터에 치였다고 했다. 이후 마르야는 한동안 남편을 보살폈는데 그자는 침대에 누워 연신 욕설을 퍼붓고 마르야에게 지팡이나 묵직한 물건을 손에 잡히는 대로 던졌다고 했다. 원전 사고가 나기 며칠 전, 마르야는 알렉산더가 던진 라디오에 맞았다. 그때

라디오는 박살이 났고, 마르야는 박살난 라디오 때문에 너무 분노가 치밀었던 터라 옷 보따리 하나를 들고 방사능 해체 작업자들과 함께 떠나면서 알렉산더를 향해서는 뒤도 돌아보지도 않았다. 알렉산더는 이미 죽고 난 뒤에야 발견되었는데 지금 마르야는 자기 자신을 탓하며 과거를 아름다운 장밋빛으로 그리고 있다.

나는 그녀의 일에 대해 다만 이렇게만 생각한다. 두 성인이 같이 살면서 아이가 없다면 헤어져도 아주 잘 살 수 있다. 그런 경우는 결혼 생활이 아니라 그냥 연애질이다.

하지만 이 생각은 내 자신을 위한 것이다.

나는 마르야의 접시 두 개를 싹싹 깨끗이 닦아 행주로 물기를 닦는다. 행주는 알고 보니 커튼을 떼어내 만든 거다. 마르야는 내가 자기네 물을 낭비한다는 둥, 자신은 우물까지 걸어갈 힘이 하나도 없다는 둥, 혼자 구시렁댄다. 나는 제발 잔소리 좀 그만하라고 혀를 찬다.

마르야는 안락의자에서 힘겹게 빠져나와 식탁으로 온다. 몸집이 엄청난 그녀의 궁둥이 아래 식탁 의자가 흔들리며 삐거덕거린다. 모든 먹을거리를 자신이 직접 기르거나 도시에서 어렵사리 가져와야 하는 마을에 사는 사람이 어떻게 이렇게 뚱뚱해질 수 있는지, 나로서는 도무지 수수께끼다.

나는 마르야에게 닭고기 수프를 건넨다.

마르야가 숟가락을 집어 노란 국물을 떠서 입술로 가져가는 순간, 미래에 대한 불안으로 두 눈을 끔벅거리는 젊디젊은 신부, 마르야가 내 눈에 보인다. 마르야에게서 예전의 아름다운 모습이 완전히 사라지지는 않은 채 유령처럼 공간을 떠돈다. 나는 그 아름다움을 평생 얼마나 더 가볍게 지니고 있었던가. 다시 말해 결코 아름다웠던 적이 없었다는 것은 아름다움을 잃을 걱정을 한 적이 없었다는 뜻이다. 오직 내 발만 남자들의 정신을 빼놓았을 뿐이었고, 이제 나는 발톱을 자를 생각도 나지 않는다. 요즈음은 마르야가 내 발톱을 잘라준다.

염소가 마르야의 침대에서 벌떡 뛰어나와 우리가 있는 식탁으로 온다. 염소는 마르야의 무릎에 머리를 올려놓고 힐끔 나를 곁눈질한다. 나는 맑고 눈물같이 짠 수프를 한 숟가락 떠먹는다.

나는 마르야가 절대 이리로 와서는 안 되었다고 생각한다. 방사선이 아니다. 마르야를 괴롭히는 것은 고즈넉함이다. 마르야는 매일 빵집에서 티격태격할 수 있는 도시에 속하는 사람이다. 이곳은 아무도 마르야와 싸울 생각을 하지 않기 때문에 마르야는 더 이상 자기 자신을 느끼지 못해서 몸이 부풀어 오르며 점점 커지는 것이다.

§

　마을 큰길을 따라 주택이 30채가량 서 있다. 그 가운데 사람이 사는 집은 절반도 채 되지 않는다. 모두가 모두를 알고, 모두가 다른 이들이 어디서 왔는지 안다. 아마 옆집 사람이 언제 화장실에 가는지, 밤에 자면서 얼마나 자주 몸을 뒤척이는지도 다 알지 싶다. 그렇다고 해서 웅크리고 앉아 서로를 지켜보고 있다는 뜻은 아니다. 체르노보에 되돌아온 사람은 남과 어울려 살고 싶지 않은 사람이다.

　물론 돈도 한 가지 이유가 된다. 말리치에도 물론 주택 건물이 있다. 하지만 흐루쇼프 시대에 지은 6층짜리 회색 주택들에는 구멍 난 수도관과 곰팡이 핀 판자벽이 있다. 정원은 없고 안뜰에 발판 하나만 남은 녹슨 그네 틀과 결코 비워지는 적이 없는 분리수거 쓰레기통이 늘어서 있다. 토마토를 심으려면 도시 외곽에 있는 주말농장의 텃밭이 있어야 하고, 그리로 나가자면 하루에 한 번 가는 만원 버스를 타야 한다. 나는 월세로 살아야 했을 것이다. 그리고 연금은 고작 남의 집 방 한 칸 쓰는 데 다 나갈 것이다. 방도 작을 것이다.

　내가 판단컨대 체르노보에도 돈 걱정이 없는 사람들이 있다. 예를 들면 가브릴로프 부부는 배운 게 많은 사람들인데 높은 콧대를 보니 그렇다. 그들은 집에 편리한 시설을 갖추고 살아온 사람들이기도 하다. 그들의 정원은 상을 탈 수 있을 정도다. 오이를 심은 밭, 온실, 그리고 텔레비전에 나오는 것처럼 따뜻한 계절에 야외에서 고기를 구울 수 있는 그릴도 있다. 부부는 장미도 기른다. 갖가지 색의 무수히 많은 장미가 덤불을 이루어 울타리 너머 자란다. 가브릴로프는 자주 양복 차림으로 장미 앞에 서 있다가 시든 꽃을 발견하면 즉시 잘라버린다. 아내 가브릴로바는 진딧물을 없애려 비눗물에 적신 헝겊으로 장미 잎을 닦아낸다. 그들의 땅을 지나갈 때면 꿀과 장미유 향이 풍겨난다. 한 가지, 그들은 이웃과 절대 말을 섞지 않는다. 그러니 급히 소금이 필요할 때 나는 다른 집으로 갈 것이다.

레노치카에게 갈 수 있겠다. 그녀의 뒷모습은 소녀처럼 보이고, 앞모습은 인형 같다. 이리나가 어린 소녀였을 때 가지고 있던 인형이 수십 년 더 늙었을 뿐이다. 레노치카는 대부분 집에 들어앉아 하염없이 긴 숄을 뜨면서 누가 말을 걸면 살짝 웃어 보인다. 하지만 대답은 하지 않는다. 그녀는 닭을 많이 기른다. 그 집의 닭들은 파리 떼처럼 늘어난다. 뭔가 필요한 게 있으면 레노치카에게 갈 수 있겠다. 레노치카는 가지고 있는 것이면 항상 내준다.

페트로프에게도 갈 수 있겠지만 그의 집에는 소금이 없다. 페트로프는 머리부터 발끝까지 온몸에 암이 퍼졌다. 수술 후 병원 측에서 페트로프를 죽을 때까지 병원에 붙들어두려 했다. 그는 수술복 차림으로 형무소에서 도망치듯 창문에서 뛰어내렸고, 그의 뒤에서 링거가 질질 끌려왔다. 체르노보로 돌아와 전처의 조부모 집으로 들어간 페트로프는 조속히 평온하게 죽는 것 말고 별다른 계획이 없었다. 그 일이 벌써 제법 시간이 흘렀다. 페트로프는 현재까지 귀향한 최후의 사람으로 여기서 1년 전부터 살고 있다. 그는 정원에 아무것도 심지 않는다. 암세포를 계속 먹여 살리고 싶은 생각이 없기 때문이란다. 소금과 설탕은 그 자신의 건강에 너무 좋지 않다. 그래서 그 두 가지를 집에 두지 않는다.

나는 숟가락을 챙겨 닭고기 수프 접시를 들고 길을 건넌다. 독일제 트레킹 샌들이 먼지를 일으킨다. 페트로프의 현관문 앞에서 큰 소리로 그를 부른다. 그가 대답을 하지 않아서 나는 안으로 들어간다. 그는 아직 살아 있고 산울타리 쪽에서 바지 지퍼를 올리면서 온다. 허리띠에 날이 녹슨 작은 도끼가 꽂혀 있다. 왼쪽 겨드랑이에는 누렇게 변한 소책자를 끼고 있다. 보아하니 어떤 빈집에서 발견한 책이다. 첫 몇 달 그는 읽을거리를 찾아 돌아다니며 문을 두드리는 통에 체르노보 전체가 시달렸다. 페트로프는 가방 하나만 달랑 가지고 왔고 그 안에 든 건 속옷과 노트 한 권뿐이었다.

"안녕하세요, 바바 두냐." 그가 말한다. "제가 정원 일에 썩 익숙지 않아서요. 그래서 산딸기 덤불에 완전히 나가떨어졌어요." 그는 긁힌 상처가 난 팔을 내게 보여준다. 나는 안쓰러움에 고개를 가로젓는다.

"〈농부 여성〉 잡지에 뭐 새로운 게 나와 있습디까?" 그가 묻는다.

페트로프의 피부가 너무 훤히 비쳐 보여 혹시 그 사이에 유령이 된 건 아닌지 의심스럽다.

"뭘 좀 먹어야지. 안 그러면 몸에 힘이 하나도 없잖아." 내가 말한다.

페트로프는 접시에서 냄새를 맡는다.

"뚱뚱한 친구의 늙은 수탉이군요?"

그는 척하면 다 안다고 으쓱댄다.

"그래서 놈이 드디어 조용한 거군." 그는 말하며 다시 한번 냄새를 맡는다.

"먹어."

"이거 먹으면 사람 죽어요. 소금, 지방에 동물성 단백질."

나는 마음이 온화한 사람이다. 하지만 그의 목덜미에 수프를 쏟아 붓고 싶은 욕구가 슬슬 일어나기 시작한다.

그는 집 앞 벤치에 앉아 내 숟가락을 셔츠에 쓱쓱 닦는다.

"바바 두냐, 내가 당신 괴롭히는 데는 선수죠." 페트로프가 말한다. 숟가락이 손에서 부들부들 떨린다. 틀림없이 며칠 내내 아무것도 먹지 않았던 거다.

"배고프면 우리 집에 와. 난 매 끼니마다 새로 만드니까." 내가 말한다.

"내가 형편없는 놈일 수는 있지만 그래도 식충이는 아닙니다."

"먹은 값으로 창의 덧문을 고쳐줄 수 있잖아."

"내가 뭘 발견했는지 한번 봐요." 그는 음모를 꾸미듯
말하며 뒤춤에서 무언가를 꺼낸다.

나는 그게 뭔지 보려고 안경을 이마로 밀어 올린다. 형
태가 찌그러지고 글씨가 빛바랜 러시아제 벨로모리 담뱃
갑이다.

"이게 어디서 났어?"

"소파 뒤에서 발견했어요."

"빈 갑 같은데."

"아직 세 개비나 들어 있어요."

그는 나에게 담뱃갑을 건네준다. 나는 구부러진 담배를
한 개비 꺼낸다. 그는 다른 개비를 꺼내 이 사이에 끼워 넣
는다. 그리고 나에게 라이터를 내준다. 연기가 내 목구멍
속으로 넘어간다.

"당신은 식충이가 아냐. 관대한 사람이지. 마지막 담배
를 나에게 나누어 줄 정도로." 내가 말한다.

"벌써 후회하고 있어요. 난 젠틀맨이 아니라니까요." 그
는 좀 전에 수프를 떠먹을 때처럼 대단히 탐욕스럽게 담배
를 빨아댄다.

내 담배는 치직거리다 그냥 꺼지고 만다. 내가 불을 잘
못 붙였든지, 아니면 담배가 너무 오래되고 습기를 먹은

것이다. 페트로프는 내 입에 물린 담배를 빼내 조심스럽게
벤치에 내려놓는다.

"지금 배가 아파요. 위장이 죽은 늙은 수탉으로 꽉 찼어
요. 수프가 날 죽일 거예요." 그가 말한다.

나는 튼실한 우엉 잎을 큰 거로 하나 따서 접시를 깨끗하
게 닦는다. 우엉은 뿌리로 페트로프의 집을 번쩍 들어 올릴
기세다. 마지막으로 담배를 피웠던 때가 언제인지 기억이
나지 않는다.

§

내 눈은 점점 나빠지지만 귀는 아직도 멀쩡하게 잘 들린
다. 거기엔 마을에 소음이 적다는 이유도 한몫을 하는 게 분
명하다. 발전기가 윙윙 돌아가는 소리도 어리뒤영벌의 붕
붕 소리와 매미 울음소리도 확실하게 들린다. 여름은 자체
가 우리에게 비교적 시끄러운 계절이다. 겨울은 고요하기가
이루 말할 수 없다. 온 마을에 눈이라도 가득 덮이면 심지어
꿈마저도 숨을 죽이고, 화려한 멋쟁이새만 홀로 덤불 사이
를 총총 다니며 새하얀 겨울 풍경에 색채를 더한다.

나는 어느 날 전기가 완전히 끊기면 어떻게 될지 생각하
지 않는다. 나는 가스통이 있고 집집마다 초와 성냥이 있다.
우리는 진득이 기다릴 것이다. 하지만 우리가 가진 자원을

모두 다 써버렸을 때 정부가 도와주리라 생각하는 사람은 아무도 없다. 그 때문에 우리는 독립적으로 생각한다. 겨울에 페트로프는 이웃집의 일부를 뜯어 난방용으로 쓰기 시작했다. 장작은 충분하다.

생물학자가 나에게 설명해 주었다. 우리 마을의 거미들만 여느 것과 다른 모양으로 거미집을 짓는 게 아니라 매미도 다른 소리를 낸다는 거다. 그 정도는 나라도 생물학자에게 말해 줄 수 있겠다. 귀가 있는 사람이라면 직접 듣고 알 수 있기 때문이다. 하지만 원인이 어디에 있는지 생물학자는 모른다. 그는 기계를 가지고 매미 소리를 녹음하고, 메모 카드와 스톱워치를 가지고 소리에 귀를 기울인다. 생물학자는 숨구멍이 있는 투명 상자에 매미 수십 마리를 넣어 대학교로 가지고 갔다. 뭔가 발견하면 확실하게 답을 주겠다고 약속했다. 이후 나는 생물학자로부터 어떤 소식도 듣지 못했다.

체르노보에는 연락이 닿기 어렵다. 사실 전혀 연락할 수 없다. 특히 원치 않을 경우에 말이다. 우리 우편함은 말리치에 있다. 누군가 그리로 가면 다른 이들의 우편물을 가지고 오거나 그마저도 하지 않는다.

나는 우편함에 항상 우편물이 있는데 무겁기 때문에 절대로 남에게 가져다 달라고 부탁하지 않는다. 이리나가 소포를 보낸다. 알렉세이는 보내지 않는다. 둘 가운데 누구에게 더 고마워해야 할지 모르겠다.

이리나가 독일에서 보낸 소포를 모두 차곡차곡 쌓아올리면 몇 층짜리 높은 탑이 될 것이다. 하지만 나는 노란색 소포 상자를 착착 접어 헛간에 가져다 놓는다. 이리나가 소포에 넣은 물건을 보면 모든 게 매우 세심하게 생각해서 넣은 것 같다. 훈제 소시지, 통조림, 비타민, 아스피린, 성냥, 두꺼운 양말, 속옷, 손빨래용 세제, 새 안경, 도수가 있는 선글라스, 칫솔, 연필, 접착제, 체온계, 혈압 측정기(마르야에게 주었다), 각종 크기의 배터리. 나는 완전 새것인 가위, 주머니칼, 소형 디지털 알람 시계를 수집품으로 모아두었다.

우리에게는 없는 독일제 겔화 설탕이 와서 기쁘다. 그게 있으면 이제 몇 시간 동안 끓여서 과일잼을 만들지 않아도 된다. 그리고 베이킹파우더와 겉봉지에 라틴어 철자가 적힌 갖가지 양념, 콩과 토마토 씨앗 봉지(아무튼 내가 가진 씨앗을 기르는 게 더 좋다). 반창고와 거즈 묶음이 든 대형 박스. 그것은 늘 이웃에 나눠준다.

나는 부족한 게 아무것도 없다고 이리나에게 자주 편지를 쓴다. 아쉬운 물건은 거의 없다. 이리나는 그쪽 땅에서 피는 꽃씨를 구해 보내줄 수 있을 것이다. 나더러 새로운 것을 좀 보라는 뜻에서 말이다. 하지만 독일에 사는 딸 이리나가 나를 먹여 살려야 할 필요는 없다. 그러다 문득 이 소포들을 보내는 일은 나보다 딸에게 더 절실하게 필요하다는 것을 깨달았다. 그 후로 그냥 고맙다는 말만 하고 가끔 가다 원하는 물건도 말한다. 예를 들어 곰돌이 젤리나 새로운 채소 칼 같은 것이다.

반대로 내가 안절부절못하고 기다리는 것은 편지다. 편지 한 장은 언제나 기쁘다. 편지가 오면 신간 신문도 필요치 않다. 그래도 말리치로 나갈 때면 세상이 돌아가는 뉴스를 조금 접하려 신문을 산다. 새 편지가 오면 밤마다 잠들기 전에 꼭 한 번씩 읽는다. 새 편지가 다시 올 때까지 계속 그런다.

페트로프의 말로는, 오늘날 사람들은 더 이상 편지를 쓰지 않고 이 컴퓨터에서 저 컴퓨터로, 이 전화에서 저 전화로 소식을 전한다고 한다. 게다가 어떤 사람들은 심지어 컴퓨터에서 전화를 건다고도 한다. 체르노보에는 전화가 없다. 정확히 말해 전화기는 물론 있지만 살아 있는 전화선이 없다. 몇몇 이들은 조그만 손전화기를 가지고 있지만 그건 도시 근처에 갔을 때만 받을 수 있다. 페트로프도 그런 손전화기를 가지고 있고, 나에게 보여주었다. 페트로프는 손전화기를 가지고 어린애처럼 블록 쌓기를 하고 논다.

페트로프는 마을에 막 새로 들어와서는 발을 질질 끌고 온 동네를 돌아다니며 손전화기를 높이 쳐들었다. "신호가 안 잡혀. 신호가 안 잡혀." 그는 한탄을 하더니 우리더러 전신주를 세우기 위한 서명을 하자고 제안했다. 결과는 아무것도 없었다.

가브릴로프 부부는, 전화를 쓸 생각을 하는 사람은 체르노보에 있을 수 없는 사람이라고 했다. 마르야는 방사선인가 뭔가 때문에 이런 일이 일어난 거라고 했다. 최소한 백세는 넘은 (그는 내가 아직 젊었을 때도 이미 나이가 많았다) 노인 시도로프는 어쨌든 자신의 유선전화는 문제없이 잘 된다며 이웃지간에 으레 하듯 페트로프더러 언제든지 전화를 써도 된다고 했다.

시도로프는 골동품 전화기를 보여주었다. 한때 오렌지색이었을 플라스틱 몸체에 수화기와 다이얼을 돌리는 번호판이 있는 전화기였다. 옛날 전화기는 탁자 위 노인이 방금 따놓은 거대한 노란 호박 사이에 놓여 있었다.

페트로프는 수화기를 들어 귀에 갖다 댔다. 그러더니 여러 사람에게 수화기를 돌렸다.

"고장 났네." 마르야가 말하며 나에게 수화기를 건네주었고, 나는 수화기를 전화기에 올려놓았다.

"전화선이 죽었어요, 할아버지. 이 동네 전화선은 몽땅 죽었다고요. 아시겠어요. 몽땅요." 페트로프가 말했다.

시도로프는 매주는 아니지만 거의 매주 시내에 있는 여자친구와 통화한다고 우겼다.

"이름은 나타샤." 시도로프는 의심스러워하는 내 눈빛을 보고 여자친구의 이름을 밝히면서 마르야를 가리켰다. "저이보다 좀 더 젊어."

나중에 페트로프는 늙은 시도로프가 정신이 온전치 못함을 나에게 확신시키려 했다. 하지만 나는 그냥 어깨만 으쓱해 보였다. 우리 마을에서 돌을 던져선 안 되는 사람이 있다면 바로 페트로프다.

내가 우리 집 앞 벤치에 앉아 있는데 저기 지팡이에 몸을 의지한 시도로프가 발을 질질 끌며 지나간다. 역시 노인은 상태가 썩 좋아 보이지 않는다. 노인은 몇 걸음 옮기더니 몸을 돌려 힘겹게 되돌아온다. 노인은 내 앞에 서 있고 전신이 부들부들 떨린다. 만일 노인의 치아가 좀 더 남아 있었다면 지금 그것도 탁탁 부딪힐 것이다.

이제 노인은 왜 들어오라는 말을 하지 않느냐고 묻는다.

그래서 나는 들어오시라고 한다. 소박한 내 집은 거미줄까지 깨끗하게 치워 놓아 손님들은 언제든지 와도 된다. 나는 손님을 맞을 준비를 다 해놓았다. 그런데 시도로프 노인이 올 거라는 생각은 미처 하지 못했다. 노인은 의자에 앉더니 무릎 사이에 지팡이를 끼고 두 손을 식탁에 올려 놓는다. 나는 찻주전자를 올려 놓는다.

노인은 낡은 회색 양복바지를 입었다. 바지는 낡아서 해졌지만 깨끗하다. 노인의 다리는 뼈만 남았고 엉클어진 수염은 철사처럼 뻣뻣하다.

"두냐, 진지하게 하는 말이오." 노인이 말한다.

"뭐가 진지하다는 거예요?" 내가 묻는다.

"곧 말하리다."

나는 노인이 뜸을 들이도록 내버려둔다. 찻주전자가 끓어 삑 소리를 낸다. 나는 꺾은 페퍼민트 줄기를 두 찻잔에 꽂고 뜨거운 물을 붓는다. 내 잔은 좀 식으라고 그냥 둔다. 시도로프는 당장 차를 홀짝이더니 설탕을 달라고 한다.

나는 찬장에서 설탕 통을 꺼낸다. 오래된 각설탕이라 흐슬부슬 부스러진다. 나는 설탕을 먹지 않는다. 설탕은 마음을 불안하고 탐욕스럽게 만들기 때문이다.

시도로프는 각설탕 두 개를 잔에 넣고 휘휘 젓는다. 노인이 차를 젓는데 페퍼민트 줄기가 걸리적거린다.

"내가 당신에게 할 말이 있소." 그가 나에게 주의를 준다.

"듣고 있어요."

"당신은 여자요."

"그렇죠."

"그리고 나는 남자고."

"꼭 그렇게 말하신다면요."

"우리 결혼합시다, 두냐."

나는 마시던 민트 차가 목에 걸려 기침을 하느라 눈물이 난다. 시도로프는 내 기침 발작을 좋은 뜻으로 받아들이고 가만히 지켜본다. 내가 눈물을 닦으려고 손수건을 꺼낸 것에 시도로프는 감동해서 그러는 줄 안다.

그는 헛기침을 한다. "오해하지 말아요. 난 당신이 좋아요."

"나도 당신이 좋아요." 나는 자동적으로 대답한다.

"하지만…."

"그러면 결정된 거요." 그는 말하고 일어서서 나가려 한다.

나는 잠시 할 말을 잃는다. 이어 얼른 정신을 차리고 문까지 그를 따라간다.

"어딜 그렇게 서둘러 가려고요?"

"내 물건을 가지고 오려고."

"난 그러자고 대답하지 않았는데요."

그는 돌아서더니 나를 쳐다본다. 눈동자가 마을을 덮은 여름 하늘처럼 빛바랜 파란색이다.

"그럼 당신이 한 말은 뭐였지?"

나는 웃으며 노인을 의자에 도로 앉히고 손에 찻잔을 쥐어준다.

"시도로프, 난 결혼할 생각이 없어요. 누구하고도. 다시는."

내 손의 엄지와 손목이 이어지는 부위에는 열다섯 살에 바늘과 잉크로 새겼던 조그만 문신이 희미하게 남아 있다. 하필이면 지금 그 자리가 근질거린다. 세월이 흐르면서 문신은 알파벳이라기보다 파리똥처럼 보인다.

"왜 결혼을 안 해?" 시도로프의 늙은 눈에 어린이다운 놀라움이 어린다.

"난 결혼하러 여기 온 게 아니에요."

그는 마음이 상해서 숨을 가쁘게 몰아쉰다. 그러더니 다시금 힘겹게 자리에서 일어난다.

"잘 생각해 보게. 내가 당신 울타리를 고쳐줄 수 있을 테니."

"하필 왜 지금이에요?"

"우리는 더 젊어지지 않기 때문이지."

"시내에 여자친구가 있는 걸로 아는데요?"

그는 한 번 더 숨을 가쁘게 쉬며 손사래를 친다. 한사코 가려는 노인을 말릴 수 없다. 나는 문까지 배웅하면서 그가 지팡이로 흰 먼지구름을 일으키며 길을 쭉 내려가는 뒷모습을 지켜본다. 바람이 훅 불어와 시도로프의 셔츠를 부풀린다.

나는 평생토록 그를 알고 지냈다. 시도로프는 나를 제외하고 원전 사고가 나기 전부터 체르노보에 살았던 유일한 사람이다. 내가 어린 소녀였을 때 그는 이미 가정을 가진 남자 어른이었고, 당시 나보다 머리 하나만큼 더 컸다. 원전 사고가 난 후 그를 보지 못했다. 내가 다시 체르노보로 돌아왔을 때 그는 아마 신문에서 나에 대한 기사를 읽었을 것이다. 아무튼 그는 두 번째로 체르노보에 왔다. 그리고 나는 시끄러운 아내와 두 아들은 어떻게 되었는지 결코 물어보지 않았다.

그가 어떻게 결혼할 생각을 하게 되었는지는 너무도 뻔

하다. 그는 남자고, 옷이 더러워져 뻣뻣해져야 큰 그릇에 담아 비누로 옷을 빨아 헹구지도 않은 채 그냥 마르라고 정원에 널어 놓는다. 식사로는 하루에 두 번 귀리 낟알을 불려 먹는데, 멸균 우유가 있을 때는 그것을 묽게 해서 불려 먹고 우유가 다 떨어지면 우물물에 불려 먹는다. 휴일에는 설탕 입힌 콘플레이크를 부어먹거나, 외국 스탬프가 찍힌 큰 박스에 든, 고리 모양의 알록달록한 과일 맛 콘플레이크를 먹는다. 그는 정원을 가꾸는 데 특별한 재주가 있지만 음식을 만들 줄 모르기 때문에 채소는 썩고 만다.

반대로 나는 항상 음식을 새로 만들고, 내 정원은 풍성하게 늘어난다.

§

한 달 전부터 말리치에 가지 않았다. 내 일 때문이라도 그토록 빨리 그리고 다시 갈 필요는 없을 것이다. 하지만 저장품 중에 버터, 기름, 거친 밀가루, 알파벳 모양 국수가 다 떨어졌다. 전날 밤에 창고에서 바퀴 달린 가방을 꺼내 거미줄을 없앴다. 거미들은 참으로 재빠르게 일한다. 우리는 거미를 본받아야 한다. 이땐 거미줄을 핀셋으로 조심스레 수집해 보관함에 넣던 생물학자가 떠오를 수밖에 없는 순간이다.

거미줄에서 뭔가 특별한 건 전혀 알아볼 수 없다. 거미줄은 은빛이고 끈적인다.

시내에 나가니 혹시 필요한 물건이 없냐고 마르야에게 묻는다. 페트로프에게도 물어보고, 잠시 시도로프에게도 물어볼까 생각했지만 그냥 두었다. 가브릴로프 부부에게는 묻지 않는다. 레노치카는 문을 두드릴 때 반응이 없다. 마르야는 새 잡지, 뜨개질 털실, 이런저런 알약이 잔뜩 필요하다며 코감기에 듣는 약도 구해달라고 한다. 뜨개질 털실은 가져다주지 않을 생각이다. 마르야의 옷장에 구멍 난 모직 스웨터가 무더기로 쌓여 있고 그걸 다시 풀어서 털실로 쓸 수 있다. 그것만으로도 가방이 벌써 물건들로 꽉 찰 것이다.

페트로프는 나더러 좋은 소식을 가져다 달라고 한다.

"농담하지 말고. 꿀을 가져다 줄 수는 있어." 내가 말한다.

"꿀은 싫어요. 나는 꿀 안 먹어요. 꿀은 벌의 똥이거든요. 좋은 소식을 가져다줘요."

페트로프는 항상 이런 식이다.

나는 새벽 5시가 되기 전에 일어난다. 마르야의 수탉 유령이 울타리에 앉아 비난의 눈초리로 나를 쳐다본다. 어쨌든 녀석은 적어도 조용하다. 나는 수탉에게 손을 흔들어주고 시내에 나갈 준비를 한다. 트레킹 샌들을 신은 이후 제법 오래 걸을 때도 발에 크림을 바르지 않는다. 그만큼 신발이 편하다. 나는 깨끗한 블라우스를 입고, 아무 데나 앉을 수 있게 낡은 치마를 입는데 아무래도 살이 빠진 것 같다. 옷장 속에 층층이 쌓인 속옷가지 밑에서 돈을 꺼내 지갑에 넣고, 지갑을 브래지어 속에 쑤셔 넣는다.

살 물건을 메모할 필요는 없다. 머릿속에 다 들어 있다. 나는 정원에서 딴 싱싱한 오이를 썰어 플라스틱 통에 넣는다. 작년에 이리나가 플라스틱 통에 클립을 담아 보내주었다. 클립은 어디다 써야 할지 모르겠지만 플라스틱 통은 쓸모가 있다. 오이에 소금은 치지 않는다. 그래야 도중에 오이에서 물이 생기지 않는다. 직접 구운 빵이 조금 남았기에 햇볕에 바싹 말려 비스킷처럼 만들어 놓았는데 그것도 챙긴다. 시내에서 살 수 있는 음식은 입맛에 맞지 않는다.

갈 길이 멀다. 저녁이면 트레킹 샌들 안에 신은 깨끗한 양말이 먼지로 잔뜩 뒤덮일 것이다. 1년 전만 해도 내가 버스 정류장까지 가는 데 한 시간 반이 걸렸는데 지금은 두 시간이 넘게 걸린다. 2년 전에는 자전거를 타고 갔지만 지금은 자전거를 타는 게 너무 위태위태하다. 가브릴로프 부부는 늘 자전거를 타고 다닌다. 하지만 그들은 나에게 필요한 물건이 있냐고 물어본 적이 한 번도 없다. 아마 그들은 한 쌍으로 지내는 유일한 사람들로서 혼자 산다는 게 어떤 것인지 상상해볼 수 없기 때문인 것 같다.

예고르 생각이 나면서 옛날에 우리가 결혼했던 때를 기억에 떠올린다. 성대한 결혼식으로 온 마을에 잔치가 벌어졌다. 나는 가느다란 실가락지를 결혼반지로 꼈고, 그는 반지를 끼지 않았다. 우리는 내 배 속에 자라고 있는 아기를 위해 돈을 절약하고 싶었다. 나는 그때 서른한 살의 늙은 신부였다. 원래 예고르에게 결혼 승낙을 할 생각이 없었다. 아이가 들어서서 우리 둘이 크게 놀라기 전까지 3년간 만나 왔다. 나는 그때 이미 내 자신을 임신할 수 없는 사람으로 여겼다. 노산에 첫 아이는 문제가 많고 병든 아이일 수도 있다는 사실을 알고 있었지만, 임신은 나에게 기적과도 같은 것이었다.

호적사무소에서 결혼을 한 후 모두들 이미 실컷 다 먹고 마시고 했을 때 나는 우리 집 안뜰에서 구두를 벗고 춤을 추었다. 남자들이 모두 노래를 부르고, 휘파람을 불고, 마구 소리를 지르며 야단이 났다. 예고르는 가운데 있던 나를 끌어내 구석으로 몰고 가더니 지금부터는 반드시 신발을 신고 있으라고 했다. 예고르는 당장이라도 육중한 장화로 내 맨발가락을 짓밟을 태세였다. 그때 나는 실수했음을 깨달았다.

예고르에게 화가 났던 게 아니다. 당시 남자들은 대부분 다 그랬다. 내 실수는 남편을 잘못 구한 게 아니었다. 실수는 결혼을 했다는 것 그 자체였다. 나는 이리나와 알렉세이도 혼자 길렀어야 했다. 그리고 내 발에 대해 어찌하라고 지시하는 것을 어느 누구에게도 허용하지 말았어야 했다.

§

버스 정류장 이름은 '예전 금 토끼 초콜릿 공장'이고, 말리치로 가는 147번 버스의 종점이다. 초콜릿 공장은 정류장에서 몇백 미터쯤 떨어져 있다. 높은 탑들이 우뚝 솟은 황폐한 벽돌 건물이다. 창유리는 다 깨져 있다. 공장 안을 들여다보면 영원히 잠든 녹슨 기계들이 보인다.

아직도 기억이 난다. 체르노보와 이웃 마을에서 이 공장으로 얼마나 많은 사람들이 버스와 자전거를 타고 와서 컨베이어 벨트 앞에서 일했던가. 봉봉 초콜릿은 무척 고급품이었다. 겉에서 살살 녹는 검은 초콜릿, 견과류 알갱이를 뭉쳐 만든 소, 그것을 얇디얇은 종이에 싼 후 다시 은박지로 싸고 또 한 번 종이로 싸는데, 종이에 아기 토끼를 데리고 있는 엄마 토끼가 그려져 있었다. 새해가 되면 직급이 높은 노동자들은 어마어마하게 큰 상자에 담긴 봉봉 초콜릿 특별 컬렉션을 새해 선물로 받았다. 젤리, 코냑, 생크림 트러플. 옛날에 나는 봉봉 초콜릿 속에 든 것을 생각만 해도 벌써 입에 침이 고였다.

명절이 오면 나는 이리나와 알렉세이를 위해 봉봉 초콜릿을 한 줌 샀다. 한번은 공장의 야간작업 책임자인 환자가 새해 특별 컬렉션 상자를 선물로 준 적이 있었다. 아마 그는 두 상자를 받았던 모양이다. 그건 큰 행운이었다.

원래 그러듯 우리는 시계가 12시를 친 후에 봉봉 초콜릿 상자를 열었다. 우리는 봉봉 초콜릿을 모두 삼 인분으로 나누었다. ─ 예고르는 안 먹었다. 한 상자면 9개월 동안 먹을 수 있었다. 우리는 포장지도 모았다. 은박지로는 내년에 쓸 크리스마스트리 장식을 만들고, 토끼 그림이 있는 종이는 책갈피에 끼워 보물처럼 귀하게 간직했다. 아이들은 그것을 곰이나 여우 또는 머리를 땋은 볼이 빨간 소녀 그림의 초콜릿 종이와 맞바꾸었다.

내 아이들이 어렸을 때는 아직 터키산 추잉 껌에 든 향기 나는 스티커가 없었다. 나는 체르노보로 돌아오기 전 1990년대에 처음으로 그 향기를 맡았다. 체르노보에는 터키산 추잉 껌이 없었고 가짜 샤넬 향수가 없었다. 요란하게 화장한 어린 소녀도 없었고, 다 떨어진 청바지와 귀청을 찢는 음악도 없었다. 체르노보에는 오로지 고요와 나만 있었다. 몇 달이 지나고 나서 시도로프가 마을에 왔고 집집에 하나씩 다시 불이 켜졌다.

기억을 떠올리자 입에 끈끈한 침이 고인다. 나는 한때 단것을 무척 좋아했지만 어느새 초콜릿을 생각하면 속이 메스껍다. 나는 생크림을 채운 봉봉 초콜릿보다 내 텃밭에서 딴 구스베리를 더 잘 먹는다. 그것이 내 나이와 췌장이다. 나는 뚜껑을 돌려 따는 작은 유리병을 가방에서 꺼내 우물물을 한 모금 마신다.

공장을 등지고 벤치에 앉아 바짝 말라 노랗게 된 여름 풍경을 바라본다. 경작지는 수십 년째 더 이상 쓰지 않지만 형태는 남아 있다. 이삭들이 드문드문 한 포기씩 하늘을 향해 비죽이 자란다. 매년 스스로 씨를 뿌리고 자라는 것이다. 계속 다니다 보면 옥수수, 사탕무, 감자도 발견할 수 있겠다. 경작지는 잎이 두꺼운 푸른 잡초가 무성하게 뒤덮고 있다. 잡초는 큰 잎에 연보라색 침이 달린 식물인데, 내 젊은 시절에는 없던 것이라 이름을 알 수 없다.

녹색 페인트칠 된 버스 정류장의 쉼터는 깨끗하다. 낙서로 더럽힐 작정으로 이렇게 멀리까지 오는 사람은 없다. 공장은 많은 사람들이 죽음의 지역이라 일컫는 곳에 서 있다. 체르노보는 그보다 더 깊숙한 안쪽에 있다. 종점이 경계선을 표시한다. 예전에는 이곳에 군인이 기관총을 든 채 지키고 서서는 지루해 죽으려 했다. 어느덧 경계선은 더 이상 무장 군인이 지키지 않는다. 반면에 우크라이나에서는 경계선에 가시 철조망과 위병소를 두고 삼엄하게 지킨다. 그 사실은 페트로프가 이야기해 주었다. 경계선 뒤에서 도대체 무슨 일이 벌어지는지, 날이 갈수록 이해를 할 수 없다.

체르노보에 사는 우리들은 모두 버스가 그리 오래 운행되지 않을 것임을 안다. 버스가 다니지 않으면 어찌해야 할지 모른다. 어쩌면 그때까지 우리가 직접 재배할 수 없는 것들을 말리치에서 가져다주는 사람을 물색해 두어야 할 것이다. 페트로프는 벌써 그럴 사람을 찾아보았지만 아무도 나서지 않았다. 우리는 사람들에게 으스스한 존재다. 사람들은 죽음의 지역을 지도에 표시된 최후의 경계선으로 여기는 것 같다.

버스가 나타날 때마다 무척 반갑다. 나는 한 시간도 채 안기다렸다. 편안하게 앉아 쉬면서 신선한 공기를 들이마시고 이런저런 생각에 빠질 수 있었다. 마을에서 버스 정류장까지 몇 킬로미터밖에 안 되지만 내 나이에는 그게 가벼운 산책이 아니다. 또 돌아갈 때는 가방이 짐으로 한가득이니 길이 더 길어질 것이다.

버스 운전수는 이 노선을 5년째 다닌다. 이름은 보리스이고 여섯 달 전에 손자가 태어났다. 나는 아기가 잘 크냐고 조심스럽게 묻는다. 물어보기 어려운 질문이기에 어느 누구의 마음도 아프게 하고 싶지 않다. 보리스는 쉰 목소리로 손자는 잘 먹고 잘 크고 있다고 대답한다.

나는 안도의 한숨을 내쉰다.

운전수는 내 손에서 세어놓은 동전을 가져간다. 버스 회사는 30년째 버스 요금을 올리지 않았다. 어느덧 그 요금으로는 말리치에서 물 한 잔도 살 수 없다. 하지만 그 요금이 나에게는 합당한 것이 내 연금도 더 이상 오르지 않았기 때문이다.

나는 보리스와 이야기를 나누려고 앞좌석에 앉는다. 보리스는 배가 불룩 나오고 어깨는 처졌다. 그의 낯빛이 영 마음에 걸린다. 내가 병원 간호조무사로 일할 때 그의 낯빛과 같은 남자들이 심근경색으로 컨베이어 벨트 옆이나 차고에 쓰러져서 내가 자주 불려갔다.

우리는 한 시간이 넘도록 차를 타고 간다. 도로는 울퉁불퉁하다. 아스팔트가 깔리지 않은 길에서 힘겹게 돌아가는 바퀴 밑으로 자갈돌들이 튄다. 작은 버스는 덜컹거리고 보리스의 백미러에 달린 축구 페넌트가 이리저리 흔들린다.

창밖을 바라보니 들판 위로 매가 원을 그리며 돌고 나무 사이로 노루와 토끼가 보인다. 동물들이 이 지역을 자신들이 살 곳으로 찾은 것 같다. 우리는 버려진 마을 두 곳을 지나 도시로 향한다. 큰 도로에 고양이 한 마리가 앉아 앞발을 핥는다.

보리스는 텔레비전에서 보았던 것을 이야기한다. 우크라이나, 러시아, 미국의 정치에 대해 많은 이야기를 한다. 나는 귀를 바짝 세우고 듣지는 않는다. 정치는 물론 중요하지만 그래도 감자 퓌레를 먹고자 하는 사람은 늘 감자에 퇴비 주는 일에 관심이 가는 법이다.

중요한 건 전쟁이 없다는 거다. 하지만 우리 대통령은 벌써 전쟁 준비를 할 것이다. 그런데도 나는 가끔 이리나가 이제 독일 여권을 가지고 있다는 생각을 하면 기분이 좋지 않다.

버스가 덜컹대니 늙은 내 뼈도 덜덜 떨려서 뼈가 덜거덕거리는 소리도 날 것 같은 기분이다. 간간이 깜빡깜빡 존다. 졸다가 눈을 떠보니 버스가 시내 한가운데 들어와 있다. 보리스는 버스 터미널 속 먼지로 더러워진 버스 사이를 비집고 뒤편 주차장으로 차를 몬다.

말리치의 소음은 때때로 귀를 먹게 만드는 것처럼 느껴진다. 그런데 거리에 있는 사람들의 수는 점점 더 줄어들어서 이곳 버스 터미널에도 기껏해야 버스 운전수 대여섯 명과 승객 스무 명이 줄을 서서 기다릴 뿐이다. 그런데도 모두들 시끄럽다. 나는 소음에 도무지 익숙해지지 않는다.

내 목적지는 딱 정해져 있다. 제일 먼저 은행으로 간다. 이리나가 나를 위해 열어준 계좌에 연금이 들어와 있을 것이다. 비록 집에서 살 수 있는 물건은 아무것도 없지만 나는 입금된 돈을 모두 뺀다. 왜냐하면 삶이 은행을 믿을 수 없다는 것을 가르쳐 주었기 때문이다.

은행 대기실에 현금 자동 인출기가 있다. 목에 스카프를 두른 아가씨가 나에게 도움이 필요하냐고 묻는다. 나는 도움이 아니라 내 돈만 필요하다. 그리고 기계에서 꺼낸 돈이 아니라 창구에 있는 사람에게서 받는 돈이. 그래서 나는 은행 안으로 들어간다. 기다리는 동안 장딴지에 너무 차가운 바람이 불어와서 모직 스타킹을 신고 온 게 기쁘다. 드디어

차례가 되어 내가 너무 춥다고 한마디 한다. 향수와 껌 냄새를 풍기는 창구의 아가씨는 이제 우리 은행에 에어컨이 있다고 자랑스럽게 말한다. 이 아가씨는 살아오면서 감자잎벌레를 손으로 잡아본 적이 한 번도 없을 것같이 보인다. 나는 아가씨의 쇄골 부위에 돋은 소름을 보고 그러다 감기에 걸린다고 주의를 주었다. 아가씨가 감기는 진즉에 걸렸다며 내 연금을 내준다. 나는 돈을 다 세어보고 나서 두 뭉텅이로 나눠 각각 브래지어 컵에 쑤셔 넣는다.

연금을 찾을 때면 이리나, 알렉세이, 손녀 라우라에게 뭔가 사줄 수 있어서 늘 흐뭇하다. 라우라가 갓 태어났을 때 나는 아기 물건을 보냈다. 공갈 젖꼭지, 딸랑이, 유아복 등, 아무도 그런 물건이 필요치 않다는 사실을 깨달을 때까지였다. 독일에는 어차피 더 좋은 게 있다. 혹시 우리 쪽 토마토가 더 클지는 모르지만 질이 더 좋은 유아복은 독일에 있다.

그래서 나는 쓸모없는 물건 사기를 그만두고 돈을 모두 깡통에 넣어 둔다. 라우라가 열여덟 살이 되면, 머잖아 곧 그 나이가 될 테고 그때 나는 내 장례식을 위해 단단히 모아 둔 돈까지 모두 이리나에게 줄 것이다. 그리고 그 돈을 독일 마르크나 달러로 바꾸어 라우라의 돼지 저금통에 넣어주라고 부탁할 것이다. 라우라는 우리 가족 가운데 가장 젊은 사람이다. 젊은 사람은 돈이 필요하다.

이리나는 독일 마르크는 이제 더 이상 존재하지 않는다고 매번 알려주지만 그 대신 어떤 돈을 쓰는지 나는 더 이상 알수가 없다.

그 다음으로 우체국엘 들른다. 그리로 가는 길에 시장을 지나가야 한다. 한숨 쉬었다 가려고 생선과 썩은 채소 냄새가 나는 시장 안으로 들어간다. 나는 도넛을 파는 가판대에 몸을 기댄다. 그런데 지독한 냄새에 코가 괴롭다. 나는 텃밭에서 딴 오이를 꺼내 먹는다.

상인이 나를 내려다본다. 내가 가져온 음식을 그의 가판대에서 먹으며 장사를 방해했음을 알아챈다. 무례한 행동이었다. 나는 가방을 쥐면서 상인에게 미안하다고 한다. 하지만 그는 괜찮다고 손사래를 치며 나를 계속 쳐다본다. 그러더니 그는 나더러 죽음의 지역에서 온 바바 두냐가 아니냐고 묻는다.

나는 그에게 지금 당신이 있는 곳을 어떻게 생각하느냐고 물을 수도 있으리라. 하지만 나는 묻지 않는다. 그가 여기 도넛 가판대 뒤에서 안전하다고 생각하면 실컷 그렇게 생각할 일이다. 그 밖에 나는 상인이 나를 알고 있다는 것에 어리둥절하다. 나는 그런 일에 익숙지 않다.

상인은 기름진 종이에 싸인 것을 내게 건넨다. "집에서 만든 겁니다." 그가 말한다. 한입만 먹어도 췌장이 망가질 테지만 주는 사람의 마음을 상하게 하지 않으려고 그냥 받는다.

"우리가 아는 사이인가요?" 나는 물으며 한입 먹는 시늉을 한다. 내가 병원 간호조무사로 일했을 때 이웃 마을 사람들을 비롯해 많은 사람들이 나를 알고 있었다. 사람들은 무슨 일이 생겼다 하면 늘 나를 찾아왔다. 하지만 말리치 도시에는 당시도 이미 의사와 간호사 들이 있었다. 어쩌면 그는 시골 출신일 수도 있다. 나는 기억력이 좋지만 아이들의 얼굴만 기억에 남아 있다.

나는 그에게 당신은 누구냐고 묻는다.

그는 말한다. 나는 이곳에 사는 상인을 모르겠지만 여기 사람들은 모두 나를 안다고 한다. 모두들 나에 대한 이야기를 한다고 한다. 그리고 귀향한 다른 사람들 이야기도 한단다.

상인은 돌아서서 뭔가 보여주려고 상자 속 신문을 뒤적이지만 나는 필요 없다고 한다. 누군가가 나에 대해 말한 것을 알 필요가 없고, 또 나에 대해 기사를 썼다면 더 고약한 경우다. 최근 몇 년 사이에 리포터들이 자꾸 찾아와서는 우리들 정원 사진을 찍고 여러 가지를 물었다.

"그만 가봐야겠어요." 나는 말하고 시장을 떠난다. 도넛을 종이에 꽁꽁 싸고 가방에서 꺼낸 냅킨으로 한 번 더 싼다. 그러고 나서 도넛을 집어 넣는다. 마르야가 좋아할 게다.

우체국에는 점심시간이라는 큰 안내판이 걸려 있다. 나는 시계를 본다. 조짐이 좋지 않다. 11시도 안 되어 벌써 점심시간이라면 더 길어질 것이다. 나는 공원에 가서 벤치에 앉아 숨을 돌린다. 아스팔트를 걷는 것은 관절에 취약이고 공기도 탁하다.

공원은 사람들에게 완전히 잊힌 것 같다. 풀밭에 젊은 한 쌍만 꼭 껴안고 있다. 나는 젊은 쌍이 민망해 하지 않도록 자리를 옮겨 앉아 마르야에게 주려고 방금 가판대에서 산 잡지로 부채질을 한다. 외국 잡지인데 이제 러시아어판으로도 나온다. 종이가 반질반질한 잡지에 화려한 옷을 입은 날씬한 여성들의 사진이 많다. 잡지 뒷부분에 요리법들이 나오는데 생소한 것들이다. 나는 타힌(tahin)이 뭔지 모르겠고 리소토라는 것도 들어본 적이 없다. 사과를 넣은 쌀죽 하나는 알겠는데, 어쩌면 쌀죽을 외국어로 리소토라고 하는지 모르겠다.

충분히 쉬었으니 이제 다시 일어나 길을 간다. 나머지 기다리는 시간은 물건 구입으로 때운다. 날이 더워도 상하지 않는 생크림, 치즈, 볼펜, 장미가 그려진 편지지를 산다. 라우라에게 편지를 쓰려고 한다. 나는 소금과 레몬 다섯 개를 산다. 축 늘어진 버섯이 플라스틱 통에 담겨 있다. 통에 "수입산 재배 양송이"라고 적혀 있고 "수입산"이라는 단어에 밑줄이 그어져 있다.

나는 바나나 세 개를 사서 하나는 그 자리에서 먹는다. 바나나는 감각을 희롱한다. 바나나는 사실 너무 달지만 잘 씹힌다. 바나나 껍질은 쓰레기통이 보일 때까지 가지고 다닌다.

약국에서 마르야가 가져다준 약품 목록을 읽어보고 선반에서 이런저런 약을 집어 달라고 한다. 내가 봐서 쓸데없다고 생각하는 약은 사지 않는다. 그러다가 다양한 진통제가 눈에 띄어 큰 통으로 하나 산다. 혹시 몰라서다.

가방이 가득 찼다. 내 물건은 몇 개 사지 않았다. 그러는 게 좋다. 그러면 라우라를 위한 돈을 더 많이 모아둘 수 있기 때문이다. 우체국으로 다시 가서 점심시간 안내판이 없어졌는지 본다.

마르야의 우편함은 비어 있다. 나는 마르야에게 사실대로 말하지 않고 우체국에서 오늘 또 까다롭게 굴면서 내게 권한이 없다며 우편물을 내주지 않았다고 둘러댈 것이다. 내 우편함에는 소포 세 개, 편지 다섯 통이 들어 있다. 편지가 구겨지지 않도록 차곡차곡 챙긴다. 때가 제법 늦었고 공기 중에 훈제 고기 냄새가 떠돈다. 버스 정류장으로 돌아가야 한다.

§

마을에 돌아오니 아직 날이 훤하다. 여름밤은 길고 무자비하다. 우리 마을에조차 공기 중에 웅웅거리는 불안이 떠돈다. 큰길에는 아무도 없다. 시도로프 집의 문이 열려 있다. 마르야의 창문 너머로 뭔가가 움직인다. 얼마 전부터 마르야는 잠을 잘 자지 못한다. 그 때문에 그녀는 갖가지 알약을 삼키는데, 약 기운에 아침에 늦게 일어나 생기 없는 눈으로 주변을 멍하니 응시한다.

페트로프는 책을 들고 해먹에 누워 있고, 가브릴로프 부부는 집 앞에 앉아 체스를 둔다.

나도 앉아야 한다. 도시에서 진이 완전히 빨려나갔다. 사온 물건을 집 안에 들여다 놓고 밖에 있는 벤치에 앉는다.

트레킹 샌들을 벗는다. 샌들이 갑자기 작아져서 신음소리가 절로 나온다.

모직 스타킹을 벗고 맨발을 내놓는다. 이 발로 춤을 춘 시간을 다 합치면 일 년은 족히 될 것이다. 내가 춤을 춘 발걸음을 센다면 수 킬로미터가 될 거다. 지금 내 발은 티눈과 못이 박이고 구부러진 발톱은 노랗게 변했다.

얼음처럼 차가운 우물물에 발을 담근다. 물속에 보이는 발이 퉁퉁 부어 보인다. 물의 차가움이 다리 밑에서부터 점점 위로 올라오면서 늙은 정맥과 쪼그라든 근육에 활기를 준다.

발을 꺼내 수건을 밟아 물기를 닦는다. 발가락을 하나하나 꼼꼼히 닦고 싶지만 손이 닿지 않는다.

맨발로 집에 들어간다. 비로 쓸어내 깨끗한 마루청이 따뜻하다. 부엌에 전등을 켜고 차를 올린다. 말리치에서 사온

치즈 조각을 크래커와 레드커런트 송이와 같이 먹는다. 원전 사고 이후 도시에서 살았던 세월에 내가 지쳐 쓰러지지 않고 어떻게 살아남을 수 있었는지 모르겠다. 어쩌면 내게 힘을 준 것은 일이었을 것이다. 나는 도시 병원에 일손이 달린다는 것을 알았고 그래서 퇴직을 하지 않았다. 내가 병원뿐만 아니라 도시 생활에도 영원히 등을 돌린 때는 이미 나이가 육십 줄에 들어선 때였다.

잠자리에 들기 전에 편지들 가운데 하나를 뜯는다. 이리나가 보낸 우편물을 뜯어보는 건 아무 일도 아니라서 건성으로 빠르게 처리할 수 있을 것이다. 나는 앉아서 머리를 맑게 할 시간이 필요하다. 문을 두드리는 소리에 방해받고 싶지 않다. 사실 지금이 가장 좋은 순간이다. 그래서 제일 마지막으로 보낸 편지를 집는다. 그런데 평소와는 뭔가 조금 다르다. 편지 봉투는 하얀색이고 외국 우편 스탬프가 찍힌 아래 내 이름과 우편 사서함 주소가 적혀 있는데, 외과 의사인 이리나의 손으로 쓴 글씨가 아니다. 이리나의 것은 남자 글씨체처럼 꾸밈이 없고 단순하고 정확하다. 그런데 이 편지의 글씨체는 동글동글하니 귀엽다.

칼로 편지 봉투를 연다. 편지 속에 라우라의 사진이 들어 있지 않다는 것은 이미 안다. 봉투가 얇고, 빳빳하지 않기 때문이다. 봉투에서 종이 한 장이 떨어진다.

램프에 가까이 다가가 안경을 이마로 밀어 올린다. 가슴이 쿵쿵 뛴다. 원래 나는 느긋하고 신중한 마음을 가진 사람이다. 하지만 독일에서 온 편지를 읽기 시작할 때면 모두들 살아 있고 건강하다는 것이 분명해지는 대목을 읽을 때까지, 적어도 이 편지에 나쁜 소식이 없다는 것을 알 때까지 가슴이 두근두근한다.

이번 편지는 여러 번 읽어야 하지만 한 줄도 이해할 수 없고 가슴은 여전히 쿵쿵 뛴다. 편지는 라우라의 사인이 되어 있다. 하지만 러시아어가 아니다. 옛날 내 직업이 아니었다면 이 글자 형태도 아예 몰랐을 것이다. 몇몇 의사들은 처방전을 키릴어가 아닌 라틴어로 썼다.

나는 새벽 동이 틀 때까지 눈을 뜬 채로 마음을 다스린다. 불안이 잦아들지 않는다. 내 숨소리가 들린다. 숨소리가 무겁고 쌕쌕댄다.

나는 죽음에 대한 두려움은 없다. 하지만 마음의 평온이 사라지는 순간, 두렵다는 것이 어떤 것인지 다시 기억이 되살아난다. 아이들 때문이 아니라 나 자신 때문에. 이미 모든 것을 다 겪은 육신에 연연하는 것은 어리석은 일이다. 그러나 이 순간은 내가 생각했던 것보다 아직 준비가 덜 되어 있음을 깨닫게 한다. 처리되어야 할 일이 여전히 있다. 기록되어야 하는 말들. 내가 더 이상 세상에 없을 때 이리나와 알렉세이에게 필요 이상으로 성가신 일이 남아서는 안 된다.

나는 반드시 처리해야 하는 일이 무엇인지 머릿속으로 정리한다. 그럼으로써 내 스스로 준비가 더 잘되었다고 느낄 수 있도록. 그러자 조금 안정이 된다. 심지어 마르야에게 가서 진정제를 달라고 하려던 생각마저 그만둔다. 콘스탄틴이 아직 살아 있다면 지금쯤 목청을 돋워 꼬꼬댁 외칠 시간이다. 하지만 닭의 유령만 울타리에 앉아 비난의 눈초리로 내 쪽을 쳐다보고 있다.

§

나는 털실로 짠 겉옷을 입고 라우라의 편지를 소매 안에 집어넣고 이리나가 보낸 소포에서 커피와 시장을 봐온 가방에서 마르야의 약봉지를 꺼낸다. 전날 가져온 이리나의 편지들은 뜯겨서 탁자에 있다. 평소와는 달리 새벽에 편지를 모두 다 황급히 차례로 읽었다. 늘 하는 이야기 —날씨, 일, 유럽연합 소식이다. 라우라가 내게 써 보냈을 내용을 암시하는 것이나 설명은 없다.

나는 물건을 다 챙겨 콘스탄틴을 지나간다. 어느새 아침 8시다. 마르야는 깨어나 있지만 우울한 기분에 빠져 침대에 앉아 있다. 쿠션을 산더미로 쌓아 등을 기대고 무릎에는 오리털 이불을 덮고 있다. 나는 염소를 찾아 둘러본다. 녀석은 뒤뜰에서 풀을 뜯는 모양이다.

"어디 아파?" 나는 가져온 물건을 꺼낸다.

"댁은 뭐 건강해?" 하지만 마르야는 외국 글자의 새 물건들을 보더니 이내 볼멘소리를 그친다. 마을에 텔레비전 수신 상태가 아주 나쁜 게 기쁠 뿐이다. 마르야가 텔레비전을 제대로 볼 수 있다면 약 광고에 나오는 모든 약이 전부 필요하다며 성화였을 것이다.

나는 마르야의 냄비 밑에서 찾아낸 청동 커피 주전자를 박박 닦는다. 그리고 숟가락으로 커피를 떠서 담고 드럼통에 있던 우물물을 부어 잘 젓는다. 불을 피우고 긴 손잡이가 달린 주전자 속 내용물이 서서히 따뜻해지도록 한다. 끓어오르는 거품을 떠내고 작은 잔에 커피를 나누어 따른다. 먼저 거품이 일고 난 후, 진하고 검은 커피가 나온다. 커피를 따를 때 손이 약간 떨린다. 잔에 담긴 커피의 표면이 레이스로 꾸며놓은 듯 아름답다.

마르야는 커피를 홀짝이다 입을 덴다. 망할 커피가 너무써서 죽은 사람도 벌떡 일어나게 하겠다고 투덜댄다. 나로서는 마르야가 드디어 침대에서 나오기만 해도 족하겠다. 마르야는 전날 밤에 금발 머리를 두 갈래로 땋아 놓았다. 땋은 머리가 밤사이에 가닥가닥 다 풀어져 버렸다. 마르야에게 흰머리가 거의 없는 게 눈에 띈다.

"시내는 어땠어?" 마르야가 묻는다.

"늘 똑같지 뭐." 내가 말한다. 비록 사실이 아니라 해도. 우리 마을에선 시간이 멈춰 있다. 하지만 도시는 항상 달라진다. 말리치는 죽어간다. 다른 도시들은 살아남기 위해 변화하지만 말리치는 그러지 못한다.

라우라의 편지가 소매 속에서 바스락거린다. 사실 마르야에게 편지 이야기를 할 작정이었는데 속을 털어놓지 못하고 만다. 라우라는 마음속 아주 깊은 곳에 있어서 꺼내 올리지 못한다. 마치 창자를 까뒤집어야만 할 것 같은 기분이 든다.

"자기 오늘 진짜 이상하게 구네." 마르야는 각설탕을 여러 개 커피에 넣는다.

나는 의자에서 일어난다. 갈 시간이 되었다.

"아이, 아이. 좀만 더 있다 가." 마르야는 하얗고 부드러운 손으로 내 치마를 붙잡는다.

"마르야, 독일어 할 줄 알아?"

"어째서 그런 생각을 하지?"

물론 마르야는 독일어를 할 줄 모른다. 아마 바로 눈앞에 있어도 그게 독일어인지조차 모를 것이다.

"혹시 독일어하고 영어는 구별할 수 있을까, 마르야?"

"대체 뭔 소리를 자꾸 하는 거야?"

나는 다시 자리에 앉는다. 마르야의 사진에 있는 어린 소녀가 내 앞에 있다는 기분이 너무 강렬해서 마르야를 더 잘 보려고 손수건으로 눈을 닦는다.

"좋아, 좀 더 앉았다 가지."

설탕을 넣은 커피를 엎지르는 바람에 마르야는 발을 바닥에 댄다. 맨발에 발톱은 분홍색 매니큐어를 칠했다. 발톱이 산딸기 사탕처럼 반짝인다.

"있잖아. 자기가 돌아와서 너무 기뻐. 자기가 말리치로 갈 때마다 다시 돌아오지 않을까봐 얼마나 걱정이 되는지 몰라." 마르야가 말한다.

2부

방문객

—내가 남자를 죽인 거 같아요

　우리 마을 큰길에 죽은 망자들이 막 돌아다니는 날들이 있다. 망자들은 아무 말이나 떠들면서 자기들이 어떤 헛소리를 해대고 있는지 깨닫지 못한다. 왁자지껄한 목소리가 망자들의 머리 위로 떠돈다. 그러다 다시금 모두들 싹 사라진 날들이 있다. 그럴 때 어디로 사라지는지 알 수 없다. 혹시 내가 망자들 가운데 하나가 되면 알게 되려나.

　내 눈에 마리나, 아냐, 세르게이, 블라디, 올야가 보인다.

소매를 바짝 걷어붙인 줄무늬 셔츠를 입은 늙은 방사능 해체 작업자가 근육이 없는 팔뚝을 드러내고 광낸 구두를 신고 있다. 그는 처음에는 멋쟁이였다. 그는 빨리 죽었다.

원전 사고 후 일곱 달 만에 내 손으로 받은 사산된 아기. 나는 그 아기를 씻기지도 않고 수건으로 싸서 아기 엄마에게 건네주었다. 아기 엄마는 조산원이 아니라 오래된 농가에서 아기를 낳았다. 그래서 우리는 시간이 있었고 아무도 방해하지 않았다. 아이 아버지는 돌아서서 나가버리고 아기 엄마는 수건 모서리를 뒤로 젖히고 미소를 지었다. 나는 그 미소의 의미를 알고 있었다. 엄마는 곧 아기의 뒤를 따를 것이니 이별의 아픔을 느끼지 않았을 것이다.

빨간 머리를 두 갈래로 땋은 어린 소녀는 너무 좋지 않게 죽어서 내가 뭐라도 주고 싶었지만 그러면 안 되었다. 온 가족이 달려들어 나와 의사를 부여잡고 흔들면서 우리 손에 달려 있지 않은 일을 요구했다. 그리고 가족들은 사소한 일로 자기들끼리 다투었다.

이들이 나를 따라 체르노보로 온 나의 망자들이다. 그리고 내가 오기 전에 여기 있었던 여남은 다른 망자들과 그들의 고양이와 개와 염소 들이 있다. 마을은 이야기를 가지고 있고, 그 이야기는 양 갈래로 땋은 머리가 한 갈래로 합쳐지는 것처럼 내 이야기와 함께 엮인다. 길의 일부는 우리가 공동으로 남겨두었다. 나는 망자들에게 항상 살짝 고개를 끄덕여 인사하고, 입술은 거의 움직이지 않는다.

큰길에 한 남자와 어린 소녀가 걸어가는데 한 번도 본 적이 없는 사람들이다. 남자는 배낭을 메고 소녀는 작은 가방을 끌고 간다. 소녀는 빨간색 나들이 구두를 신고 있다. 나는 다른 망자들에게 하는 것과 똑같은 식으로 그들에게 인사를 했는데, 그들이 죽지 않았다는 것을 즉시 알아챈다.

나는 멈춰 서고 그들도 멈춰 선다. 우리는 서로 쳐다본다. 우리를 찾아오는 사람들은 절대로 없다. 영화 제작자들과 사진작가와 생물학자들을 제외하고 말이다. 그리고 몇 년에 한 번씩 나타나서 우리의 혈압을 재고 피를 뽑아가려는 간호사들을 제외하고.

마지막으로 간호사는 7개월 전에 나타났다. 간호사는 더 이상 방사능 보호복을 입지 않고 가운만 입었고, 분칠을 해 부자연스러운 새하얀 얼굴에 립스틱을 너무 진하게 칠하고 나타났다. 간호사는 낡은 러시아제 소형 승용차 라다를 큰길에 세우고 가방에서 장비를 하나씩 꺼냈다. 페트로프는 간호사의 면전에 대고 문을 쾅 닫았다. 시도로프는 간호사를 보지도 듣지도 못한 것처럼 행동했다. 레노치카는 간호사에게 부드럽게 미소를 지어 보이고는 손으로 아무것도 건드리지 말라고 했다. 가브릴로프 부부와 마르야만 가엾은 간호사를 딱 붙들어놓고 시력 검사를 해주기 전에는 내보내지 않았다. 간호사가 완전히 지쳐 우리 집 문을 두드리자 나는 들어오라고 해서 차를 권했다. 간호사의 쫓기는 눈길과 형편없는 파마머리가 40년 전 바로 내 모습을 떠오르게 했다.

이리로 오는 사람은 대개 옛날 학교 부지였던 공동묘지의 조그만 잠자리로 옮겨 갈 때까지 이곳에 머문다. 소녀는 죽을병에 걸린 모양이다.

나는 죽을병 같은 것을 가볍게 받아들이는 법을 백 년이 걸려도 배우지 못할 것이다. 내가 소녀를 너무 유심히 쳐다보자 아이는 울음을 터뜨리기 직전이다. 그래서 나는 내 이름을 알려주고 도와줄 게 있는지 묻는다.

남자는 자신의 이름을 알려주려 하지 않는다. 그는 내가 이 주변에서 보아온 모든 사람들과 다르다. 그는 도시 사람인데 말리치 출신은 아니다. 대도시 출신이다. 그가 신은 구두며 매끈한 얼굴과 말투, 그 모든 것에서 이곳과는 어울리지 않는 사람임을 확연히 드러낸다. 나는 결코 쉽사리 동정심을 느끼는 사람이 아니다. 그리고 특히 이 남자에게는 동정심을 느끼기 어렵게 하는 무언가가 있다. 소녀의 이름은 아글라이아다. 그러니까 요즘 대도시에서 어린 소녀들을 아주 옛날식 여자 이름으로 부른다고 했던 마르야의 말이 맞는 거다.

"아글라이아, 그러니까 글라샤로구나." 내가 말한다. 아이는 얼굴에 웃음을 띠면서 잡고 있던 아버지의 손을 놓고 내 손을 잡는다. 그것 말고는 아이에게서 특별히 친근감이 느껴지지 않는다. 어쩌면 나는 아이를 보면서 다른 소녀를 떠올리고 있는지도 모른다. 소녀는 건강해 보인다. 발그레한 뺨에 검은 곱슬머리, 다만 눈이 슬퍼 보이고 웃는 입술도 비딱하다.

"당신을 텔레비전에서 봤습니다." 아이의 아버지는 내가 아이에게 특별한 관심을 가져야 한다고 통보하듯 말한다.

나는 어린 글라샤와 함께 그들에게 보여 줄 집을 향해 앞서 간다. 내가 쓰려던 집이었는데 나 혼자 살기에 너무 큰 집이었다. 하지만 두 사람은 여기서 방 두 개가 필요하다. 소녀와 아버지가 한 방에서 지내야 하는 것은 좋지 않다. 우리가 큰길의 끝자락까지 걸어갈 때 다른 사람들의 눈이 우리를 좇는다.

내가 염두에 둔 집은 파란색으로 페인트칠이 되어 있다. 글라샤의 눈이 반짝이기 시작하고, 내 마음은 완전히 녹아 버린다. 나는 일부러 아이의 손을 놓으려 한다. 하지만 소녀는 내 손을 꼭 잡고 있다.

"집에 수돗물이 나옵니까?"

나는 대답하면서 아이의 아버지를 쳐다보지 않는다. "여기에 수돗물이 나오는 집은 하나도 없어요. 우물이 큰길 끝에 있지요. 어떤 집에는 뜰에 우물이 있기도 하지만 이 집은 없어요. 전기는 들어와요. 이 집에는 난로가 있어서 난방을 하거나 음식을 만들 수 있어요. 얼마나 오래 있을지……."

나는 소녀의 얼굴을 보면서 말을 중간에 그친다. 체르노보에서 겨울을 보내기는 여름처럼 쉬운 일이 아니다. 하지만 그때에도 두 사람이 계속 있을지는 모르는 일이다.

"나도 아직은 잘 모르겠습니다." 남자가 말한다.

남자는 집 안으로 들어간다. 소녀는 내 손을 놓고 그를 따라간다. 아이는 정원을 뛰어다닌다. 나는 이리나와 알렉세이도 예전에 여기서 놀았던 기억을 떠올리지 않을 수 없다. 예전에 이 집에 살던 바바 모차라는 노파는 마을 아이들이 산딸기를 몰래 따가도 그냥 두었다. 바바 모차는 빨간 산딸기뿐만 아니라 노란색 종류도 길렀다. 이리나가 가끔 노란 산딸기를 내게 가져다주었다. 열매의 연한 살이 뭉개지지 않도록 조심스럽게 손에 담아오곤 했다. 크기가 일반 산딸기보다 더 큰 노란색 열매가 이리나의 손바닥에서 반짝였다. 그렇지만 열매는 별로 달지 않았다.

글라샤의 아버지는 집으로 들어가 안쪽에서 창문을 열려고 한다. 그는 창문을 잡아당기고 흔들어대야 했지만 이윽고 창턱으로 만족스러운 얼굴이 나타난다. 그의 얼굴이 다시 사라진다. 무언가를 하는 덜컹덜컹 소리가 나더니 뭔가가 쿵 떨어지고, 이어 그의 상체가 다시 창턱에 나타난 모습이 마치 오래된 액자 속에 들어 있는 것 같다.

"오케이. 뭐 좀 더 좋은 곳은 없습니까?" 남자가 말한다.

내가 이 나이에도 아직 사람에 대해 놀란다면 전봇대로

이를 쑤시리라.

"아뇨. 이게 제일 좋은 집이에요. 집 크기와 설비와 상태로 볼 때 제일 좋아요." 나는 말한다.

"오케이. 이거 당신 집입니까?" 남자가 말한다.

"아뇨. 그냥 들어가서 살면 돼요." 내가 말한다.

"그런데 누가 와서 밀린 세를 달라고 하면요?"

나는 그의 의심을 나쁘게 생각지 않는다. 방사능에 관련된 일이면 아무도 믿어서는 안 된다. 최근 우리 지역에 불상사가 있었다. 방사능에 마을이 오염되어 다른 곳으로 옮겨간 마을 사람들이 자신의 주택에 대한 손해 배상을 해준다는 말에 집값을 불렀는데, 붉은 광장에 위치한 집이라면 조그만 오두막 하나 사지 못할 헐값을 불렀다. 해당 관청은 서류에 스탬프를 찍어주고 보상금 전액에서 일부를 세금으로 떼어갔다. 그런 비슷한 이야기를 마르야가 했다. 그래서 나는 집에 대한 소유권 증서를 아직 가지고 있다는 게 기뻤다. 그뿐만 아니라 내 양심에 거리낄 게 없다는 것이 나이가 들수록 점점 더 중요해진다.

"우리 마을에도 그냥 들르는 사람은 아무도 없어요. 당신은 어떻게 여기 오게 된 거지요?"

"우리를 태워다 준 차를 타고 왔어요. 하지만 마을까지는 아니고요. 운전사가 겁을 먹었죠."

나는 고개를 끄덕인다. 소녀는 그 사이에 정원에서 산딸기를 발견하고 입에 집어넣는다.

남자는 창가에서 소녀를 지켜본다. "산딸기도 방사능에 오염되었습니까?"

"당신이 지금 어디에 있는지 몰라요?"

"아뇨, 알죠. 설마 모르겠어요. 당신은 쓸데없는 질문을 싫어하는군요. 바바 두냐, 그렇죠?"

나는 집으로 가려고 하는데 뭔가 석연찮은 게 있어 발걸음이 떨어지지 않는다. 어쨌든 정말 가려고 마음먹는다.

"마지막으로 한 가지만 더 묻겠습니다. 근처에 먹을 걸 살 수 있는 데가 어디 있습니까?" 남자가 내 뒤에서 외친다.

나는 돌아선다. 굶어죽는 건 비교적 나쁘지 않다고 생각하지만 다른 사람이 어떻게 죽는지를 결정하는 것은 내 권한 밖 일이다.

남자는 대답을 기다린다. 그는 기다리는 일에 익숙하지 않다. 말쑥한 그의 얼굴이 초조하게 움찔거린다.

"말리치. 채소밭. 저장품. 이웃."

이제 드디어 나는 집에 간다.

§

내가 직업을 통해 배운 것은, 사람들은 항상 전적으로 자신이 원하는 일만 한다는 것이다. 사람들은 조언을 구하지만 사실 남의 의견을 필요로 하지 않는다. 한마디 한마디마다 자신의 마음에 드는 말만 골라서 듣는다. 나머지는 무시한다. 나는 남이 기필코 조언을 듣겠다고 하지 않는 이상 조언을 할 필요가 없다는 것을 배웠다. 뿐만 아니라 질문도 하지 않아야 한다는 것을 배웠다.

오이와 토마토에 물을 주려고 저녁 시간이 되기를 기다린다. 노란 호박꽃에 벌들이 붕붕 날아다닌다. 나는 벌에 매혹되어 가만히 지켜본다. 원전 사고 이후 여기서 오랫동안 벌을 보지 못했다. 동물들은 원전 사고에 저마다 다른 반응을 보였다. 벌들은 사라졌다. 그래서 나는 작은 붓을 이용해 토마토를 수정시켰다. 이제 벌이 꽃받침 속을 헤집고 돌아다니는 것은 어쩌면 페트로프가 원했던 바로 그 좋은 소식일지도 모른다. 내가 더 젊었다면 큰 소리로 외쳐 좋은 소식을 알렸을 것이다. 편지를 써서 이리나에게 알려주어야겠다. 라우라에게도.

늦은 시간, 싱싱한 산딸기 잎으로 차를 끓인다. 찻주전자에서 돌아서자 저쪽에 앉아 있는 예고르가 보인다. 그에게 차를 권할 수 없는 게 안타깝다. 차는 둘이서 마시는 게 더 좋다. 차 마시기는 어쩌면 나이 들어 혼자 하는 것보다 둘이 하는 것이 더 좋은 유일한 일일지도 모른다. 나는 한때 예의상 예고르에게 찻잔을 내놓은 적이 있는데 그게 예고르를 위한 일이 아니라는 것을 깨닫고 그만두었다.

예고르는 검은 눈으로 나를 쳐다본다. 나는 민망해진다. 나는 그가 죽은 이후로 계속 늙었고, 지금 예고르는 내 아들 뻘이나 되려나. 그러니 예고르가 그런 식으로 쳐다보면서 내 관심을 끌 필요가 없는 것이다.

이제 그의 눈길을 더는 참을 수가 없다. "뭘 그렇게 쳐다 봐?"

예고르는 몸을 기댄다. "나는 당신을 쳐다보는 게 좋아."

"당신 혹시 러시아 말 말고 다른 나라 말 알아?"

"수르지크어."

"그건 외국어가 아니잖아. 방언이지. 학교에서 아무것도 안 배웠어?"

"우리 다닐 땐 학교에서 외국어 안 가르쳤어." 예고르는 느긋하게 말하며 내 몸을 뚫고 본다. 그는 틀림없이 내 소매 속에 든 라우라의 편지도 본다. 예고르가 아무 말도 안 하는 게 고맙다.

"당신, 새로 온 이웃 봤어?"

예고르는 눈썹을 치켜 올린다. "그놈은 쓰레기야." 예고르가 말한다.

나는 예고르의 말에 반박하지 않는다. 비록 내가 좋은 사람과 나쁜 사람이 존재한다는 것을 믿지 않는다 해도 말이다. 예컨대 나는 어느 쪽에 속할지 전혀 모르겠다. 젊었을 때는 좋은 사람이 되려고 무지 애쓴 바람에 나는 다른 사람들에게 위험한 존재가 되었다. 예를 들어 나는 아이들을 무척 엄하게 대했다. 그렇게 해서 아이들이 커서 올바르고 부지런한 시민이 되길 바랐다. 지금은 더 이상 아이들을 응석받이로 키울 수 없다는 게 안타깝다. 아무튼 우리 시대에는 응석받이가 절대 용납되지 않았다. 아이를 버릇없이 키우면 물러터진 무용지물만 될 뿐이라고 했고, 내 아이들이 그렇게 되지 않기를 바랐다. 특히 마음이 찢어지면서도 알렉세이에게 엄격했다.

"그 여자애는 죽을 거야." 예고르가 말한다.

나는 찻잔에서 고개를 든다. 물론 아이는 죽을 거다. 우리 모두는 죽는다. 어떤 이는 이르게, 어떤 이는 늦게. 그리고 이리로 온 아이는 틀림없이 오래 살지 못한다. 아이들은 약하고 예민하다. 마르야와 나처럼 늙고 질긴 사람들은 한없이 견디어낸다. 마이크로웨이브도 우리를 물렁하게 만들지 못한다.

"그놈은 자기 손으로 아이를 죽일 거야." 예고르는 의미심장하게 창밖을 내다본다.

"아이가 아픈데 남자가 뭘 할 수 있겠어." 나는 예고르가 죽었어도 우리 둘 가운데 더 똑똑한 척하는 꼴을 두고 볼 수가 없다.

"놈이 아이를 이리로 데리고 들어왔으니까 애를 죽일 수 있는 거지."

이제 나는 예고르의 말뜻을 알아듣기 시작한다. 나도 계속 그런 예감이 들었기 때문이다. "그러니까 당신 말은, 아이가 병이 나지 않았다는 거지?"

옛날 같았으면 예고르는 바닥에 대고 침을 탁 뱉었을 것이다. 지금은 어깨를 으쓱해 보일 뿐이다. "아직은 병나지 않았지. 하지만 곧 달라질걸."

"그런데 아버지가 아이에게 그런 일을 왜 할까?"

"아버지란 게 그렇지." 때마침 예고르가 침을 뱉는다. "당신은 아버지들이 어떤지 잘 알잖아. 나는 또 어떤 아버지였게?"

지금은 내가 예의상 입을 다문다. 내가 알고 있는 여자들 대부분은 술에 전 남편의 장화에 걸려 연신 넘어지지만 않았어도 혼자서 아이들 기르는 일을 더 잘해냈을 거다.

하지만 나는 아이를 혼자 기르는 게 좋다는 생각이 들지 않는다. 마음 깊이 사람은 둘이 같이 살아야 한다고 생각한다. 적어도 의무가 있다면. 가족은 두 사람을 위해 있는 것이다. 예고르는 살아생전에도 이미 옆에 없어서 매우 나를 힘들게 했다. 내가 무슨 말을 하든 항상 그랬다. 지금은 예고르가 옆에 있지만 너무 늦었다.

"당신은 뭔가 알고 있구나." 나는 말한다.

"남자의 아내가 집을 나갔어. 그래서 놈이 아내에게 뜨거운 맛을 확실하게 보이겠다는 거지." 예고르가 말한다.

나는 나이를 늘 잊어버린다. 관절이 삐걱대는 것에 항상 놀라고, 아침에 일어날 때마다 나를 잡아당기는 무거운 중력, 흠집 난 거울 속에 보이는 주름진 낯선 얼굴에 깜짝깜짝 놀란다. 그러나 지금, 큰길을 걷는 게 아니라 심지어 뛰어가는 나는 다시금 몸이 가볍다. 이보다 더 몸이 가벼울 수 있으려면 죽어서나 가능할 것이다. 나는 문을 확 열어젖히고 황망히 정원을 지나 파랗게 페인트칠한 집의 판자벽을 주먹으로 쾅쾅 두드린다.

얼마 후 남자가 청바지와 운동화 차림으로 문에 나타난다. 외국어 프린트가 박힌 티셔츠가 어깨에 딱 맞는다.

"무슨 짓을 하는 거야?" 남자는 나를 보고 흠칫 놀라며 물러선다. 나는 그가 문을 닫지 못하게 발을 쑥 내민다.

"너, 건강한 아이를 여기로 데려왔어?"

남자는 운동화를 신은 발로 트레킹 샌들을 신은 내 발을 문 밖으로 밀어내려고 애쓴다. 우리는 동침하려는 두 마리 멧돼지처럼 거칠게 숨을 몰아쉰다.

"너, 정신을 완전히 잃었어?" 나의 말이다.

"당신 정신이나 신경 쓰쇼."

"네 아내가 떠난 건데, 어린애가 무슨 죄가 있어?"

"젠장." 남자가 내 발을 밟으려 해서 나는 발을 빼면서 몸을 못 가누고 넘어질 뻔한다. 예고르가 뒤에 서 있지만 나를 받쳐주지 못한다.

"아이는 당장 이곳을 떠나야 해! 애는 건강해!" 나는 참으로 오랫동안 소리를 지르지 않았다.

"우리들 가운데 누가 건강하다는 겁니까?"

그는 집 밖으로 나와 내게 아주 바짝 다가온다. 나는 어린 딸이 얼마나 귀엽냐며 당장 아이를 데리고 다른 곳으로 가야 한다고, 당신 자신은 기차에 몸을 던질 수 있어도 당신 딸만큼은 기차를 태워 이곳을 떠나 집에 보내야 한다고 그를 설득한다. 그의 얼굴은 찌푸린 낯짝이 된다. 그가 나를 확 밀친다. 나는 휘청거리며 그의 셔츠를 꽉 부여잡는다. 남자는 내 팔을 쳐낸다. 천이 찢어지는 소리가 난다. 하지만 그건 어쩌면 내 안에 있는 무언가가 찢어지면서 나는 소리일 수도 있다. 남자의 주먹이 내 갈비뼈를 친다. 뼈가 아프지만 나는 고통이 두렵지 않다. 두려운 것은 오직 무력감이다. 그러나 내가 중요시하는 것을 말하는 데 있어서는 무력감도 나를 막을 수 없다.

"당신이 대체 뭘 알아?" 남자는 씩씩거리며 거칠게 내 어깨를 툭툭 친다. 이제 나는 진짜로 넘어진다. 나는 땅바닥에 누워 있다. 우리 머리 위에 빛나는 큰곰자리, 밤하늘엔 구름한 점 없다. 그는 있는 힘껏 내 옆구리를 걷어찬다. 그의 얼굴이 일그러진다. 그의 손가락이 내 목을 조른다. 목에서 꼬르륵 소리가 난다. 두 사람 중 한 사람이 막 남을 죽이고 있을 때 두 사람은 이토록 소리를 죽일 수 있다.

예고르는 남자 뒤에 서서 운다.

그다음 무슨 일이 있어났는지 나는 처음에 이해하지 못한다. 돌연 우지끈 꺾이는 소리. 나에게 자신의 이름을 가르쳐 주지 않은 남자가 일어나더니 비틀댄다. 순간 남자는 뼈가 접질린 부자연스러운 자세로 서 있다. 이어 바닥에 털썩 쓰러진다. 그것도 바로 내 옆에.

나는 의지와는 전혀 상관없이 갑자기 끙끙대기 시작한다. 건장한 남자가 그처럼 힘없이 쓰러질 때면 언제나 충격적이다. 하지만 쓰러지려면 우선 스스로 일어서야 한다. 나는 왼쪽으로 몸을 굴려 엎드린다. 그다음 무릎으로 걷다가 두 손으로 몸을 떠받친다. 나는 쓰러진 남자에게 기어간다.

"이봐요, 왜 그래요, 이봐요?"

그의 머리가 피로 범벅이 된 얼굴로 바닥에 놓여 있다. 두 개골에 작은 도끼가 꽂혀 있다. 예고르 쪽을 넘겨다보니 두 손을 쳐든 모습이 이렇게 말하려는 것 같다. "당신도 보잖아, 나는 무기가 없어." 나는 신음을 내지르며 털썩 주저앉는다. 내 시선은 천천히 어둠 속을 더듬고, 어둠 속에서 윤곽이 드러난다.

"페트로프, 페트로프, 이 못된 인간." 내가 말한다.

페트로프의 얼굴에 미치광이의 웃음이 떠돈다. 그의 시선은 멍하다. 혹시 지금 몽유병으로 돌아다니는 건가. 이어 페트로프는 몸을 떨면서 내 다리를 잡아당기려 하는데 그 바람에 더 큰 고통이 몰려온다.

"바바 두냐, 왜 남자와 치고받고 몸싸움을 했어요?"

"그를 여기에 살지 못하게 하려고."

"그가 못된 행동을 했어요? 당신에게 버릇없이 굴었어요?"

"보면 몰라." 나는 다시 일어나 그가 내 앞에 무릎을 꿇고 치마 밑단에 묻은 흙먼지를 털게 내버려두었다.

"이 아름다운 밤을 망쳐서 너무너무 미안해요. 그런데 내가 남자를 죽인 것 같아요."

지금 그의 말을 부인하기에는 나는 살아오면서 너무 많은 상처를 보았다.

"문제는 아주 간단해요. 이 자를 어떻게 하지요?" 페트로프가 말한다.

"그 남자 문제는." 나는 말하다 말고 갈비뼈를 부여잡는다. 숨 쉴 때마다 찌르는 고통이 느껴진다.

"당장 급한 게 아냐."

§

소녀는 침대에 앉아 눈을 깜박이며 어둠을 쳐다본다. 지저분한 우리의 얼굴이 아이에게 끔찍한 두려움을 불러 일으켰을 것이다. 하지만 소녀는 씩씩하다. 소녀는 울지 않고 눈도 깜짝하지 않고 나를 쳐다본다. 소녀의 모습에서 누군가가 떠오른다.

"글라샤, 지금 나랑 같이 가자꾸나. 네 아빠가 방금 쓰러지셨어." 나는 말투에 걱정을 드러내지 않으려 애쓴다.

소녀는 아버지에 대해 묻지 않는다. 좋은 조짐이다. 사실 그건 나쁜 조짐이지만 지금 우리에게는 좋은 조짐이다. 소녀는 침대에서 기어 나온다. 땡땡이 무늬의 빨간색 잠옷을 입은 말쑥한 아이다. 아이의 작은 가방은 바닥에 열린 채로 있고, 베개에는 긴 꼬리가 달린 털 인형이 앉아 있다.

"아침 일찍 집에 가자." 내가 말한다. 사실 오늘 밤에 떠나는 게 더 좋겠지만 내가 마법을 부리지는 못한다.

나는 소녀의 손을 잡는다. 소녀는 어둠 속에 길쭉한 흙무더기처럼 놓여 있는 아버지의 시체 옆을 지나가는 것을 알지 못한다. 나는 오늘 밤을 보내려 집으로 소녀를 데리고 간다.

페트로프는 아이의 작은 가방을 옮기며 계속 나를 설득한다. 심지어 레노치카까지 찾아왔다. 그 사이사이에 망자들이 서서 살아 있는 사람들이 발을 밟으면 역겹다며 얼굴을 찌푸린다. 모두가 나에게 새로 온 이웃이 머리에 도끼를 꽂은 채 정원에 누워 있다는 소식을 전하려 한다. 모두가 나를 쳐다보며 내가 마법을 부려 그를 없애주기를 기대한다. 그리고 파리도 없애주기를 바란다. 들썩대는 흥분도.

그사이 나는 머리가 너무 지끈거린다. 나도 도끼에 뇌가 찍히기라도 한 것 같다. 여기 체르노보에 사는 우리들은 보통 남의 일에 참견하지 않는다. 가끔 서로 찾아가기는 하지만 절대로 온 마을 사람이 한꺼번에 찾아가는 일은 없다. 우리는 각자의 문제는 자신이 해결하고 다른 사람들을 귀찮게 하지 않는다는 암묵적인 합의를 보았다. 예를 들어 나의 경우, 라우라의 편지를 흔들며 이렇게 외치지 않는다. "편지에 뭐라고 써져 있는지 누가 좀 알려주지? 독일어인지 영어인지 구별할 줄 아는 사람 있어?"

하지만 지금은 공동의 문제가 있고, 그 문제에 파리가 꼬여 있다.

어느샌가 페트로프도 온다. 모두가 그에게 자리를 내준다. 시체와 페트로프 집과의 명백한 근접 거리가 예의를 차리도록 하는 것이다. 그는 사람들이 몰려와 있으리라는 예상을 하지 못하고 주눅이 들어 주위를 두리번댄다. 그의 얼굴에 이제 어떡해야 할지 내 결정을 듣고 싶다고 써져 있다. 나는 한숨을 푹 내쉰다. 갈비뼈는 점점 더 아파오지만 그 일에는 아무도 신경 쓰지 않는다. 나는 가능한 한 눈에 띄지 않게 갈비뼈에 손을 댄다.

"페트로프, 제발 누군가가 정원에 드러누워 있다는 말 좀 하지 마." 내가 크게 말한다.

페트로프는 입을 닫고 내 눈치를 살핀다.

'자리에 앉아. 그리고 다른 사람들과 같이 놀란 척 좀 해. 나는 네가 그랬다고 말하지 않을 거야. 다른 사람들은 네가 그랬다는 걸 몰라.' 나는 그에게 눈으로 말하려 한다.

흥분된 수다는 계속된다.

"구급차를 불러야 해요!"

"장의차지." 페트로프가 소심하게 지적한다.

"우리가 말리치로 가야 해요."

"우리가 거기 가서 뭐 해요. 거기 사람들은 죄다 타락한 주정뱅이들인데."

"나는 같이 갈 수 없어요."

"우리 마을에서 다리가 가장 튼실한 사람이 누구죠?"

"난 사실 이미 죽은 몸이나 마찬가지요."

"나는 벌써 5년 전에 폐에 물이 찼어."

"난 세 걸음만 더 걸어도 심장에서 쌕쌕 소리가 나."

자신이 가장 허약하다고 느끼는 이들은 하필이면 혈색 좋은 가브릴로프 부부다. 사람들이 나를 가장 건강하다고 생각하는 게 드러난다.

"당신들 진짜 철면피들이구만. 한 발은 벌써 무덤 속에 넣고 서 있는 늙은 할매더러 그 먼 말리치까지 가라는 건가? 당신들은 양심도 없어? 난 바로 며칠 전에 말리치에 다녀왔고 두 번은 못 가."

"됐어요. 바바 두냐." 이제 페트로프가 입을 연다. "내가 갈게요. 얼굴이 정말 창백해 보여요. 모두들 나갑시다. 할머니는 누워야 해요."

가브릴로프 부부는 실제로 침대에서 일어서려고 한다. 그런데 그들이 도로 주저앉는다. 나는 페트로프의 허연 얼굴을 쳐다본다. 오늘 틀림없이 아무것도 먹지 않았고 어제도 거의 먹지 않았을 거다. 그의 눈은 번쩍인다. 그리고 머리통에 몇 가닥 없는 머리카락이 어수선하게 헝클어져 있다. 페트로프의 살날이 얼마 남지 않았음은 간호조무사 일을 하지 않은 사람도 쉽게 알 수 있다.

나는 실제로 내가 가야 한다는 사실을 수긍한다. 글라샤를 데리고 갈 것이다. 천천히 걸으며 조심스레 숨을 쉬면 갈 수 있을지도 모른다. 그 전에 잠시 힘을 모아야 한다. 적어도 15분만이라도. 그런데 내가 입을 열기 전에 시도로프의 쉰 목소리가 떨려나온다.

"전화로 민병을 부를 수도 있소."

그는 정말로 그렇게 말했다. 전화로 민병(民兵)을 부를 수도 있다고.

당혹감이 퍼진다.

"당신은 혹시 E.T.처럼 집에 전화를 걸 수 있을지 모르지만 우리 지구인들은 연결되는 전화선이 있어야 하죠."

그게 페트로프다. 모인 사람들의 얼굴에서 나는 페트로프가 그들에게도 수수께끼를 던졌음을 읽는다. 절반쯤 부스러진 책들에서 그가 또 어떤 걸 읽었는지 누가 알랴.

"나는 다만 도울 생각이었습니다. 멍청이들." 시도로프의 목소리에 마음 상한 기분이 잔뜩 묻어 있다. "얼마 지나지 않아 썩는 냄새가 하늘을 찌를 거요."

모두가 고개를 끄덕인다. 아무도 시도로프의 화를 돋우려 하지 않는다.

"대화의 질이 무척 훌륭했습니다!"

"시도로프, 고마워요. 혹시 나중에." 내가 말한다.

그가 문을 쾅 닫고 나가서 집 전체가 부르르 떨린다. 그러는 와중에 누군가가 내가 의료 목적으로 남겨놓은 구스베리 보드카를 발견한다. 병이 내 차례로 왔을 때는 빈 병이나 다름없다. 나는 유리잔을 찾아 둘러보다 남은 술을 그냥 병째로 입에 털어 붓는다.

문이 갑자기 다시 벌컥 열리면서 알루미늄 포일에 휘감긴 글라샤가 문지방에 나타난다.

"엄마한테 전화했어요." 글라샤는 나를 발견하더니 큰 소리로 말한다.

나는 부끄러워 빈 술병을 등 뒤로 숨긴다.

"내가 말했잖소." 시도로프가 글라샤 뒤에서 바람에 흔들리는 갈대처럼 휘청거린다. 글라샤의 얼굴이 환하게 빛난다.

"제가 엄마에게 전화했어요. 전화번호를 알고 있거든요."

"아가, 넌 정말 귀엽고 총명한 보물이다." 나는 말한다.

"시도로프, 내가 정말 똑똑히 말하는데요. 당신이 아니어도 속이 메슥거리거든요. 그만 가주시고요, 아이를 미치게 만들지 말아요."

"엄마가 나를 데리러 온대요. 민병하고 같이요." 글라샤가 말한다.

§

나는 이 몇 시간이 우리 마을의 최후일 수도 있으리라는 기분이 든다. 가브릴로프 부부는 이례적으로 공공을 위해 의미 있는 일을 했다. 그들은 시체를 덮개로 덮었다. 나는 그들의 안마당이 값비싸고 유용한 물건들의 창고라는 짐작은 했으나 그래도 덮개 같은 물건을 가지고 있으리라고는 전혀 생각지 못했다. 다른 사람들은 저마다 집과 안뜰로 흩어졌다. 그리고 나는 침대에 널브러져 있던 글리샤와 마르야하고만 남는다. 나는 딱딱한 의자에 앉아 갈비뼈가 그나마 덜 아픈 자세를 취해보려 한다.

"알루미늄 포일은 아무짝에 쓸모가 없는 것 같아." 마르야가 말한다.

"쉬이이잇. 크게 도움이 돼." 내가 말한다.

"근데 거기에 누가 있었는지 알고 있어?" 마르야가 묻는다.

아이가 귀를 쫑긋하고 옆에 앉아 있는 한, 마르야가 자신의 생각의 흐름을 자세히 늘어놓는 위험을 무릅쓸 수 없다. 나는 다시 한 번 경고로 쉿 소리를 낸다.

"내 생각엔 가브릴로프였던 것 같아." 내 경고 신호는 들은 척도 않고 마르야가 말한다.

"어리석은 여자야, 헛바늘이나 돌아라. 대체 그가 무슨 이유로?"

"물건을 훔쳐 갈까 봐 겁이 났던 게지."

"마르야, 너 오늘 햇볕을 너무 많이 쬐었나 보다."

"아니면 자기였던지. 자기가 그 남자를 죽인 거야."

나는 화들짝 놀라 벌떡 일어난다. 하지만 어지러워 당장 쓰러질 지경이다. 마르야는 이리나가 보내준 유리로 된 손톱 줄을 가지고 손톱을 다듬느라 알아채지 못한다.

"마르야, 내가 왜 그런 일을 하겠어?"

"그가 나쁜 사람이니까."

"나는 나쁜 사람이라고 해서 다 죽이지는 않아."

"물론 다 죽이는 건 아니지. 너무 흥분하지 마. 난 고자질하지 않을 테니까." 마르야가 하품을 한다.

"저도 안 해요." 글라샤가 말한다.

내가 십 년쯤 더 젊었다면 지금 겁을 먹었을 거다. 하지만 너무 피곤하기만 하다. 모두들 다시 자기들 집으로 돌아가고, 나는 편안하게 벤치에 앉아 있을 수 있으면 좋겠다. 어서 겨울이 오길 바란다. 겨울이 되면 모두들 집 안에 틀어박

히고, 바람이 창문에 눈을 불어 날린다. 나는 심지어 글라샤가 가고 없는 시간도 조금은 빨리 왔으면 싶다. 글라샤는 계속 배고프다고 하고 나는 텃밭의 채소를 먹지 못하게 한다. 아이에게 기장 죽을 끓여준다. 시도로프에게서 멸균우유를 가져와 기장 죽에 붓고 마지막 남은 설탕을 넣는다. 아이는 설탕을 넣지 않으면 죽을 먹지 않으려 한다.

"네 엄마가 틀림없이 곧 올 거야."

"엄마는 뛰어오고 있어요." 글라샤는 내 허리춤을 껴안고 치맛주름 속에 들창코를 묻는다. "엄마가 전화를 하면서 막 울었어요."

"그럼 너, 정말로 엄마 목소리를 들었니? 고장 난 전화기에서?"

"전화는 고장 나지 않았어요. 그냥 잡음이 아주 심할 뿐이었어요."

나는 벤치에 앉아 기다린다. 다른 사람들은 다들 집으로 돌아갔어도 창문에 코를 바짝 붙이고, 울타리의 구멍에 눈을 갖다 대고 지켜보고 있다. 페트로프만 세상이 꺼져도 자기만큼은 피해 볼 게 없다는 듯 해먹에 누워 몸을 흔들고 있다. 나는 그에게 걱정할 필요가 전혀 없다고 말해주고 싶다. 아무도 그를 괴롭히지 않을 것이다.

§

멀리서 소리가 들려온다. 그리고 한 대 이상의 차가 온다는 게 금세 분명해진다. 곧 우리는 차를 본다. 차는 세 대다. 맨 앞에는 두꺼운 타이어에 차체가 높은 검은색이다. 그 뒤에 민병들이 탄 승용차가 두 대다. 큰길에 먼지구름을 일으키며 차들이 선다.

글라샤는 세상 침착하게 기장 죽을 끝까지 먹는다. 검은색 차의 운전석 문이 제일 먼저 열린다. 차는 남자가 내릴 만한 차이지, 바지를 입고 굽 높은 구두를 신은 금발의 여자가 내릴 만한 차가 아니다. 여자의 머리카락은 머리에 착 달라붙어 있고 속눈썹에서 시꺼먼 눈물이 흘러내린다.

"애는 어디 있어? 애를 어디에 숨겼어? 비열한 놈아!" 그녀가 애끓는 목소리로 외친다.

"글라샤, 미친 여자야. 쳐다보지 마." 나는 속삭인다.

"우리 엄마예요." 글라샤는 죽 그릇을 얌전히 벤치에 내려놓고 뛰어간다. 여자는 무릎을 꿇고 두 팔을 벌리고는 총에 맞는 것처럼 흐느낀다. 알루미늄 포일이 펄럭거린다. 소녀가 여자의 목을 껴안고, 내 눈가는 축축해진다.

"사람들이 너에게 무슨 짓을 한 거니?" 글라샤의 엄마가 알루미늄 포일을 막 찢기 시작한다.

"하지 마아아아아. 찢지 마, 그게 없으면 난 죽어." 글라샤가 새된 소리를 지른다. 아이의 말이 내 뼈에 사무친다.

모든 게 섞여든다. 공기가 떨린다. 민병들은 공격으로부터 보호하듯 엄마와 아이 주위를 둘러싼다. 여자는 알아들을 수 없는 소리를 마구 지른다. 그러면서도 그녀는 트렁크에서 보호복을 끄집어내 글라샤에게 억지로 입히려 한다. 나는 그런 것을 믿으면서 왜 여자 자신은 보호복을 입지 않았는지 의아하다. 여자는 중간중간 외친다. "게르만, 게르만, 두고 봐, 무사하지 못할 거야!"

나는 게르만이 여자가 기르는 개 이름 따위가 아님을 깨닫는다. 게르만은 가브릴로프의 덮개 밑에 있는 남자다. 그 남자에게 파리 떼가 꼬여 있다.

나는 일어선다. 갈비뼈가 또 아프고, 입에서 불쑥 신음 소리가 새어나온다. 나는 아주 천천히 무리에게 다가간다. 민병들이 나를 쳐다본다. 여자는 글라샤를 품에 꽉 껴안는다. 글라샤는 고개를 돌려 나를 보고 환하게 웃는다.

"이봐요, 어서 가, 아이를 안전한 곳으로 데려가요." 나는 바지를 입은 여자에게 말한다.

여자의 눈에서 광기가 사라진다. 그러자 그녀도 여느 여자들과 같은 여자이고 정상적으로 그녀와 이야기할 수 있다는 게 분명해진다.

"지금 말씀은, 그러니까 아직 너무 늦지 않았다는 거죠?" 여자는 내 얼굴을 살피며 자신이 물어보고 싶은 모든 질문의 대답을 내 얼굴에서 읽을 수 있기를 고대한다.

"절대로 너무 늦지 않았지." 나는 거짓말을 한다. 왜 여자는 하필 나에게 물어야 할까?

"당신은 바바 두냐지요, 그렇죠?"

나는 고개를 끄덕인다. 여자는 마치 소녀처럼 코로 가쁘게 숨을 쉬면서 얼굴을 닦고는 가방에서 조그만 직사각형 물건을 꺼낸다. "괜찮죠?" 그녀는 묻더니 내가 뭐라고 대답도 하기 전에 자신의 뺨을 내 뺨에 바짝 갖다 대고 휴대폰으로 사진을 찍는다. 그러고 나서 그녀는 글라샤의 손을 잡고 차로 간다.

민병이 그녀를 외쳐 부르며 이제 고발 건을 어쩔 거냐고 묻는다. 그녀는 그만두라고 손짓한다. 그녀는 남편에 대해 묻지 않는다. 만일 그녀가 남편을 보겠다고 했으면 나는 당장 난처해졌을 것이다. 하지만 여자는 아이를 되찾고는 그대로 떠나려 한다. 나는 다만 기쁠 뿐이다. 글라샤는 뒷좌석에서 안전벨트를 매고, 다리에 힘이 빠져 나무에 기대어 서 있는 나를 쳐다본다. 나는 아이의 웃음에 답하려 애쓴다.

"부인은 떠나게 두시죠, 민병 동지. 하지만 동지, 동지는 좀 있어 주세요." 나는 나지막이 말한다.

나중에야 비로소 나는 얼마나 큰 실수를 했는지 깨닫는다. 우리는 덮개 밑에 있는 남자를 직접 처리해야 했다. 십수 명의 굼뜬 사람들과 노쇠한 이들도 힘을 모으면 사체 하나 없애는 일쯤은 손쉽게 할 수 있다.

그럼에도 불구하고 나는 시민의 의무를 다해 민병들을 정원으로 이끈다. 그들이 계획을 세우는 동안 나는 옆에 서 있다. 민병들의 얼굴에 드리워진 불행이 보인다. 그들의 입장에서도 차라리 내가 그런 일로 자신들을 괴롭히지 않는 편이 더 좋았으리라. 이제 아무것도 보지 못한 것으로 타협하기에는 머릿수가 너무 많다.

"소녀의 어머니는 대체 어떤 사람인가요?" 나는 민병들 가운데 가장 나이가 어린 녀석에게 나지막이 물어본다. 몸이 가냘픈 녀석은 윗입술 위의 솜털을 잡아 뽑고 있다.

"당신이 알고 싶은 건 그게 아니잖습니까. 아무튼 그 여자가 슬퍼하지 않을 건 틀림없습니다." 녀석도 나지막이 대답한다.

그건 내가 봐도 분명하다. 지금 애도의 표정으로 둘러서 있는 이들은 민병이다. 그들 중 한 명이 사진을 찍는다. 다른 한 명은 춥기라도 한 듯 두 팔로 몸을 감싼다. 세 번째 민병은 핸드폰을 흔든다.

"여긴 신호가 잡히지 않아. 유선전화를 써야 해. 아이가 어디서 어머니에게 전화를 했지?"

나는 민병들을 시도로프의 집으로 데리고 간다. 민병들은 노크도 하지 않고 안으로 들어간다. 시도로프는 민병들이 들어온 줄 모른다. 닳아 해진 소파에 족장과 같은 자세로 누워 코를 골고 있다. 바닥에 한때 오렌지색이었던 전화기가 놓여 있고, 전화선이 콘센트에 연결되어 있다.

나이가 가장 어린 민병이 전화기를 집어 수화기를 든다. 그는 수화기를 귀에 대어보고는 다른 민병에게 수화기를 넘겨준다. 아마 상관인 모양이다. 상관은 이제 격분해서 나를 쳐다본다.

"지금 나를 놀리시는 겁니까, 어머님?"

분노한 상관은 나를 칠 태세로 손을 번쩍 들어 올린다. 그러나 실제로 행동에 옮기지는 않는다. 혹시 오늘날 민병들은 예전과 다른 것인지, 아니면 그도 집에 늙은 어머니가 있는지 모른다. 어린 민병은 신기해하며 전화기의 다이얼을 돌려본다.

"대장님, 부디 시체를 가져가 주시면 정말 고맙겠어요. 바깥 온도가 높고 또 벌레들도 빠르게 퍼지거든요. 우리는 마을에 질병이 퍼지는 걸 원치 않아요."

"당신들, 여기가 무슨 요양소입니까. 어머님 눈에는 안 보이는 모양입니다만 나는 장의차를 몰지 않습니다. 이제 우리는 말리치로 돌아갑니다." 그는 씩 웃는다. "우리 동료가 오길 기다리시죠."

민병의 웃음은 내 심장이 분당 백 번 이하로 뛰는 적이 드물었던 시절로 나를 되돌아가게 한다. 나는 냉혈한이 아니다. 결코 냉혈한이었던 적은 없다. 기본적으로 나는 항상 삶을 좇아가려 허덕였다. 지금 같은 순간에는 나는 내 자신이 늙고 더 이상 반드시 가야 할 곳은 없다는 사실을 잊어버린다.

내가 겨우 서른 살밖에 되지 않았고 모든 것을 혼자 해야만 하던 때가 되돌아온 것 같다. 새벽 5시에 일어나 소젖을 짜고, 불에 닭고기 수프를 올려놓고, 이어 죽을 데우고 나서 털외투로 덮어 온기를 유지하기. 닭장에 들어가 달걀을 모아 그중 몇 개는 점심시간의 간식으로 삶기. 이리나 깨우기, 이리나는 하품을 하면서 칭얼댄다. 알렉세이 깨우기는 수월하다. 녀석이 작은 토끼처럼 온 집을 뛰어다녀서 붙잡기가 여간 어려운 게 아니다. 나는 아이들에게 각각 다른 죽 그릇을 내주고 깨끗이 다 먹는지 지켜본다. 아이들의 책가방을 챙겨주지는 않는다. 그러기에는 시간이 너무 부족하다. 나는 아이들에게 동전을 세어 점심값으로 주고, 이리나에게 나중에 집에 돌아와 닭고기 수프를 데워 동생과 같이 먹으라고 일러 준다. 아이들이 길을 뛰어갈 때 단 15초도 지켜보고 있을 시간이 없다.

나는 삶은 달걀 두 개를 냅킨에 싸서 가방에 쑤셔 넣는다. 버스 정류장으로 뛰어가는데 구두 뒤축이 뚝 부러진다. 재빨리 성한 구두를 벗어 뒤축을 마저 부러뜨린다. 말리치로 가는 소형버스를 타고 서서 가야 한다. 씻지 않아 역한 냄새가 코를 찌르는 지옥의 겨드랑이가 시야를 가리지만 나는 병원 일을 하기 때문에 하루 종일 그보다 더 지독한 냄새와 맞닥뜨린다. 병원 응급실에 도착해 흰 가운을 입는다. 지금부터 나는 기계다. 상처를 처매고, 파편을 뽑아내고, 부러진 다리에 부목을 대고, 토하는 아이를 진정시키고, 임신부의 배에 줄자를 감아 둘레를 잰다. 의사는 아기가 쌍둥이라고 주장하고, 나는 쌍둥이가 아니라는 짐작으로 의사와 싸운다. 아기는 태어나면서 체중이 거의 5킬로그램에 달할 것이고, 남자아이다.

점심시간에 빵 한 조각과 삶은 달걀을 먹고, 의사가 길거리에서 사서 비닐봉지에 담아온 크바스(kvass, 호밀과 보리를 발효시켜 만든 러시아의 발효 음료)를 같이 마신다. 이리나와 알렉세이를 생각하면서 오늘 다 별일 없이 제대로 하고 있는지 궁금해한다. 나는 아이들에게 전화를 걸 수 없다. 집에 전화가 없기 때문이다. 우리는 전화선 개통 대기 순번에 올라가 있지만 5년 후에도 가망이 없다. 하지만 아이들은 내 직장에 전화를 거는 방법을 알고 있기 때문에 일터에 전화가 울릴 때마다 깜짝 놀라 어깨가 움찔한다. 병원 전화기는 시도로프의 전화기와 비슷하게 생겼다. 우리 집에도 그런 전화기가 있어서 손가락을 걸어 돌려보고 싶었다.

화장실에서 손을 씻고 립스틱을 다시 바른다. 거울에 눈꺼풀이 축 처지고 피로에 절은 여자가 나를 마주본다. 나는 무척이나 늙은 기분이고, 얼굴도 역시 그렇게 보인다. 예고르를 사흘째 보지 못했는데 대체 어디에 처박혀 있는지 모른다. 나는 구두를 벗고 변기 뚜껑 위에 앉아 〈여성 농부〉 잡지에서 읽은 정맥 순환 체조를 한다.

밤 10시가 되면 다시 집에 온다. 아이들은 큰 침대에서 서로 등을 맞댄 채 잠들어 있다. 나는 아이들의 책가방에서 공책을 꺼내 숙제를 했는지 살펴본다. 설거지를 마쳤고, 양말을 기웠다. 나는 살림에 재주는 없지만 잘하려고 노력한다. 부엌에 가서 수돗물을 한 컵 받아 들이마신다. 물맛이 짜다. 내 눈물이 떨어졌기 때문이다. 한편 나는 수백만 명의 여느 여자들과 같은 여자다. 그런데도 나, 이 멍청이는 너무도 불행하다.

§

"내가 뭘 해야 하는지 말해 줘요." 페트로프가 조르는 통에 나는 기억에서 벗어난다. "일이 하고 싶어서 미치겠어요." 그는 증거로 앙상하고 빈약한 팔을 높이 쳐들고 뼈만 남은 주먹을 꽉 쥔다. "우리, 인도 사람들처럼 시체를 화장할까요?"

"머리에 그렇게 많이 들어 있는 쓰레기는 대체 다 어디서 가져온 거야?" 페트로프는 나의 기분을 당장 살려주는 데

성공했지만 나는 짐짓 아닌 척한다. "아무도 시체를 가지러 오지 않을 거야. 우리가 무덤을 파서 묻어야 해."

"그 일에 우리는 적임자가 아니죠. 하지만 내가 거들게요." 페트로프는 가더니 삽을 가지고 돌아온다. 아무래도 가브릴로프의 여러 삽들 가운데 하나지 싶다.

우리는 햇볕이 너무 따갑지 않을 때까지 기다렸다가 착수한다. 다시 말해, 페트로프가 땅을 파기 시작했다는 거다. 그는 자기 자신을 과대평가했다. 한 삽을 뜨고 나서는 매번 몇 초간 숨을 돌리고 삽질 다섯 번 후에는 몇 분을 쉬어야 한다. 하지만 그는 계속 삽질을 한다. 그는 사내다. 그러니 나는 그에게 아무 말도 하지 않는다. 나는 민트를 넣은 뜨거운 물을 가져다 준다.

"얼음덩어리를 넣은 콜라가 더 좋은데." 그가 삽에 몸을 기대고 신음한다.

"뜨거운 열기에 차가운 가공 음료를 마시면 죽어." 내가 말한다.

그는 중간중간 풀밭에 쓰러진다. 그러면 내가 갈비뼈의 통증을 무시하고 삽을 든다. 삽이 얼마나 무거운지 깜짝 놀란다. 내가 휘청대는 페트로프보다 더 약해졌다는 것에 충격을 받지만 그것에 대해 오래 생각하지 않는다. 기름진 적갈색 흙이 쌓여 두더지가 파놓은 볼품없는 흙무더기가 된다.

"우리가 해낼 수 없다고 말하면 안 돼요. 우리는 자신을 믿어야 해요." 페트로프는 말하지만 나는 그의 헛소리를 무시한다.

덮개 위로 파리가 윙윙 날아다닌다. 시간은 우리를 거슬러 일한다. 우리 얼굴에는 땀이 줄줄 흘러내리지만 두더지의 흙무더기는 조금이라도 더 커질 기미를 보이지 않는다. 나는 페트로프 옆에 앉아 눈을 감는다.

눈을 다시 뜨자 마르야가 삽을 잡고 있는 게 보인다.

나는 즉시 마르야에게 당신은 완전히 다른 종류의 사람이라고 말해야 한다. 나는 마르야가 일하는 것을 한 번도 본 적이 없다. 그러니 지금껏 내가 뭔가 단단히 잘못 알았던 거다. 마르야의 희고 거대한 육체는 매우 강건한 것으로 드러난다. 마르야는 굴삭기처럼 삽질을 하면서도 숨이 차는 기색도 없다. 아마 마르야가 매일 집어삼킨 수많은 알약 때문이거나 아니면 그 많은 알약으로도 결코 망가뜨릴 수 없었던 그녀의 강철 같은 건강 때문일 것이다.

페트로프와 나는 말을 잃고 지켜본다. 마르야는 우리를 쳐다보지 않는다. 그녀는 삽질에 몰두한다. 흙이 우리 얼굴로 날아든다. 마르야는 이마의 땀을 닦아낼 때만 잠깐 멈출 뿐이다. 둥실한 뺨이 빨개지고 땋은 금발이 흐트러진다. 마르야는 민속춤단의 솔리스트도 될 수 있겠다. 어쩌면 그녀가 한때 솔리스트였을지 누가 알랴.

마르야가 풀밭에 우리 옆으로 앉자 페트로프가 다시 일어서 보려 한다. 그는 일어서지 못한다. 그래서 페트로프는 마르야에게 자기를 위한 무덤도 같이 파달라는 농담을 던지지만 마르야는 무시한다. 마르야는 축축한 우엉 잎사귀에 손을 뻗어 정교한 손놀림으로 잎을 따더니 하나는 이마에 얹고 그보다 작은 두 잎은 뺨에 얹는다.

얼마 후 시도로프가 삽을 잡는다. 그는 자신만만하게 나를 넘겨다보지만 곧이어 거의 무덤에 푹 고꾸라질 지경이다. 마르야가 시도로프에게서 삽을 뺏는다. 그는 지팡이에 몸을 의지하고 마르야를 찬찬히 관찰한다. 그의 눈길에서 좋은 결혼 상대에 대한 희망을 아직 저버리지 않았음이 드러난다.

마르야가 모직 재킷을 벗는다. 그녀의 둥그런 위팔이 젤리처럼 흔들린다. 살이 너무 발그레해서 깨물고 싶을 정도다. 가브릴로프가 와서 말없이 지켜본다. 마르야는 그를 지켜보게 둔다. 그사이에 마르야는 무릎까지 올라오는 스타킹을 벗어버리고 신발을 다시 신는다. 시도로프는 얼굴을 닦아낸다. 가브릴로프는 침을 꿀꺽 삼킨다. 페트로프만 눈을 감고 있다.

마르야는 의기양양한 승자의 웃음을 띠고 삽질한다. 어느새 무릎 깊이의 무덤 속에 서 있다. 이제 마르야는 야생마처럼 고개를 흔들며 가브릴로프에게 삽을 넘겨준다.

자신에게 직접적으로 그리고 전적으로 이롭지 않은 일을

하는 모습을 결코 보인 적이 없는 가브릴로프가 삽을 잡는다. 그의 손이 잠시 마르야의 손을 스친다. 그녀가 이를 드러낸다. 그녀의 웃음이 내 귀에 가짜같이 들린다. 마르야가 나보다 어리다고 해서 곧 그녀가 젊어서 펄펄 뛰는 여인이 되는 건 아니다. 가브릴로프는 그것을 인지하지 못한 것 같다. 그는 마르야가 지켜보는 가운데 큰개미핥기처럼 거칠고 맹렬하게 땅을 판다.

박자에 맞추어 나오는 그의 신음 소리가 가브릴로바를 등장케 한다. 저러다 가브릴로프가 뒤이어 덮개를 쓰게 될까봐 걱정스럽다. 하지만 지금 이 순간 가브릴로프는 무덤의 왕이고, 우리들은 관중이다. 우리는 호흡도 똑같이 맞춘다. 흙무더기가 점점 커진다.

예고르가 끼어든다. 나는 그가 마르야에게 보이는 관심을 다른 데로 돌려야겠다고 생각한다. — 예고르는 언제 여자의 어디를 쳐다보아야 하는지 훤히 꿰고 있는 사람이다. — 그런데 그는 마치 고양이가 쥐오줌풀 병에 시선을 꽂듯이 나를 뚫어지게 쳐다본다. 다른 망자들이 나타난다. 망자들 사이에 글라샤의 아버지는 없다. 그래서 기쁘다. 그의 육신은 덮개 밑에 있고, 그의 피는 우리 집 흙 속으로 흘러들었다.

가브릴로바가 집에서 군데군데 얼룩지고 구멍이 난 침대커버를 가지고 나오자 해가 진다. 나는 덮개를 걷어낸다. 파리 떼가 윙윙대며 무더기로 솟아오른다. 마르야는 돌아서서 산딸기 덤불에 대고 토한다.

우리는 힘을 모아 글랴샤의 아버지를 침대 커버로 싸고 머리와 발 부분을 단단히 묶어 무덤으로 끌고 간다. 우리는 다 같이 밀고 끈다. 고요한 가운데 우리의 손이 서로 닿는다. 땅에 긁히는 소리와 숨소리만 고요를 흩는다. 쿵 하는 둔탁한 소리와 함께 시신이 새로운 침대에 눕는다.

우리는 피곤하지만 흙을 덮는 일은 더 빨리 진행된다. 모두들 집으로 갔을 때에도 나는 여전히 흙을 밟아 고른다. 이제 완전히 지쳐 뼛속이 텅 빈 것 같은 느낌이다.

§

세상에서 젊다는 것처럼 지독히 끔찍한 건 없다. 아이 때는 그래도 낫다. 운이 좋으면 너를 보살펴줄 사람이 있다. 하지만 16세부터 상황은 혹독해진다. 사실 너는 여전히 아이지만 모두가 너를 어른으로만 본다. 사람들은 나이와 경험이 너보다 더 많은 사람보다 너를 더 손쉽게 짓밟을 수 있다. 아무도 너를 더 이상 보호해 주려 하지 않는다. 너는 끊임없이 새로운 임무를 받는다. 아무도 너에게 새로 하는 일을 조금이라도 이해하는지 물어보지 않는다.

결혼 후에는 정말로 힘들어진다. 갑자기 너는 네 자신뿐만 아니라 다른 사람에 대해서도 책임져야 한다. 그리고 다른 사람들은 갈수록 점점 더 휘어지는 네 등에 올라타려 한다. 그러나 너는 여전히 어린아이다. 너는 이미 언제나 아이였고 아직 한참이나 아이로 머문다. 운이 좋으면 네가 늙었을 때 반쯤 성인이 될 것이다. 그때가 되어야 비로소 너는 젊은이들에게 동정심을 느낄 줄 아는 사람이 된다. 그 전에는 왜 젊은것들은 늘 여전하냐며 시샘한다.

이것이 내가 이리나와 라우라를 생각할 때 머리에 떠오르는 생각이다.

이리나에게 편지를 써야겠다. 이리나는 내가 편지를 너무 안 쓴다고 불평한다. 나는 이리나가 실제로는 내 편지를 기다리지 않는다는 것을 안다. 그러나 딸은 내게 관심을 가지고 있다는 느낌을 주고 싶어 한다. 그 밖에 또 내가 지루해할까 봐 걱정한다. 그리고 긴 편지를 쓰는 일은 평온하고 의미 있는 일거리다. 나는 결코 지루함을 모른다는 말을 이리나는 믿지 않는다. 착한 딸 이리나에겐 자신이 나를 잘 보살피고 있다는 확인이 필요하다. 알렉세이가 지구 반대편으로 간다는 작별 인사를 한 후 이리나는 나와 제일 가까운 피붙이가 되었고, 지리적으로도 그렇다. 이리나는 영원히 죄책감을 가지고 살아야 한다.

그래서 나는 식탁에 앉아 네모 칸이 그려진 공책과 볼펜을 꺼내 편지를 쓰기 시작한다. 새로 산 장미꽃 편지지는 손

대지 않는다. 그건 라우라 거다. 이리나는 장미꽃은 거들떠
보지 않는다. 나는 편지를 쓴다.

　사랑하는 내 딸 이리나, 사랑하는 내 사위 로베르트, 그리고
하나밖에 없는 나의 사랑스런 손녀 라우라. 말리치 도시 근처
체르노보 마을에서 너희들의 바바 두냐가 진심 어린 인사를 보
낸다. 다들 어떻게 지내고 있니? 나는 내가 더 이상 82세가 아니
라는 걸 몸으로 느끼지만 나도 잘 지낸다. 아무튼 내 나이가 아
주 많다는 것이 사실 매우 만족스럽다. 이리나, 네가 독일에서
보내준 트레킹 샌들이 특히 썩 마음에 든다. 너는 항상 정확하
게 내 발 사이즈를 잘 고르는구나. 그 샌들을 신은 후부터 발
이 훨씬 덜 아프다.
　이번 주에 말리치에 나가서 새로 온 편지와 소포를 가지고
왔다. 너희들 모두에게 정말 고맙다는 인사를 전한다. 이번에는
무엇보다 바닐라 설탕이 아주 좋더구나. 그걸 아껴 먹고 있단다.
그리고 돋보기안경도 고맙다. 하지만 사실 난 아직 맨눈으로도
불편한 게 없어. 이리나야, 내가 네 나이 때 곧 눈이 멀 게 될 거
라고 생각했었다. 하지만 아직 눈이 멀지 않았다.
　날씨는 여름이라 여기는 이른 아침부터 17도, 18도에 이르고
점심때는 기온이 30도까지 올라간다. 더위를 견디는 게 늘 쉽지
는 않구나. 더욱이 밤이 되어도 23도로밖에 떨어지지 않다가 새
벽에야 비로소 17도가 된다. 나는 온도가 그쯤 되어야 쾌적하다

고 느껴.

체르노보의 분위기는 무척 좋다. 가장 가까운 이웃 마르야
와 같이 이리나 네가 보내준 커피를 자주 마신다. 내가 마르야
에 대해 벌써 여러 번 이야기했지. 마르야는 아주 똑똑한 여자
는 아니지만 성격이 좋단다. 그녀는 나보다 젊어.

나는 의자에 몸을 기대고 곰곰이 생각한다. 이리나에게
어제 있었던 일을 얼마간 이야기해야 한다는 의무감이 든
다. 하지만 이리나가 곧장 흥분하지 않도록 조심스럽게 꺼
내야 한다.

그런데 이번 주에 좀 특별한 일이 생겼지 뭐냐. 우리 마을
에 새 주민이 두 명 왔는데 그들은 마을에서 지낼 수가 없
었어. 체르노보의 생활은 아주 좋지만 그래도 모든 사람들
에게 다 좋은 건 아니지.

나는 사위 로베르트에게도 조금 말을 건네고 싶다. 이리
나의 남편을 한 번도 보지 못했지만 그에게도 내가 사위를
생각한다는 것을 알려주고 싶다.

너희들이 가족으로서 할 일이 많다는 것을 안다. 라우라
는 곧 학교를 졸업하고 금방 만 열여덟 살이 되겠지. 그리고

너희들, 이리나와 로베르트는 병원에서 일이 무척 많지? 너희들은 사람들을 위해 많은 일을 하고, 그들은 틀림없이 너희들에게 고마워할 거다.

이리나는 로베르트에 대해 전혀 많은 이야기를 하지 않았다. 사진을 보여준 마지막 때가 벌써 십 년은 족히 넘었다. 사진 속 로베르트는 머리가 반쯤 벗겨지고 코가 컸다. 하지만 남자는 반드시 잘생겨야 할 필요는 없다. 예고르는 잘생겼지만 그걸로 내가 덕을 본 게 뭐가 있었나?

이리나야, 나는 자주 네 아버지 생각을 한단다. 네 아버지는 실수를 했지만 그래도 좋은 남편이었다.
너희들이 때로 내 걱정을 한다는 거 안다. 그럴 필요 없다. 나는 아주 잘 지내고 기분도 좋아. 나는 너희들이 별일 없이 잘 지내기를 바란다.

나는 공책을 넘긴다. 꾹꾹 눌러 쓴 볼펜 자국이 새 지면에 남았다. 나는 이미 많이 썼다. 이 정도면 이리나가 마음을 놓겠지.

내가 이미 아주 많이 썼구나. 너희들의 시간을 많이 빼앗아 미안하다.

체르노보에서 진심 어린 인사를 보낸다. 바바 두냐.

§

편지는 우체국에 가서 부쳐야 한다. 하지만 오는 며칠은 내가 또다시 말리치로 나갈 형편이 안 된다. 적어도 2주 동안은 푹 쉬어야 한다. 만일 사람들이 내게 언제 나가냐고 묻는다 해도 나는 이번 여름에는 더 이상 절대로 말리치로 가지 않을 거다. 벤치에 앉아 구름을 쳐다보다가 마르야에게나 가끔 말을 건네고 싶다.

사실 나는 가만히 앉아 있는 적은 거의 없다. 설사 앉았다 해도 금세 일어나 집 안을 쓸고, 깔개를 털고, 모래로 냄비를 싹싹 닦고, 찻주전자의 녹을 박박 문질러 없앤다. 잡초가 무성하게 자라면 뽑아낸다. 그러느라 쪼그려 앉았다 일어서면 눈앞이 캄캄해진다. 그래도 걱정하지 않는다. 눈앞이 다시 보일 때까지 그냥 가만히 기다린다.

눈앞을 침침하게 가리던 것이 서서히 사라지면서 밝은 금발 머리 소녀의 진지한 얼굴을 본다. 나의 사랑하는 손녀 라우라, 한 번도 만난 적이 없고, 내가 읽을 수 없는 편지를 써 보낸 라우라다.

순간, 나는 화들짝 놀란다. 라우라가 유령이 되어 내가 있는 체르노보로 왔다는 생각이 든다. 하지만 그건 그냥 여름

113

의 뜨거운 열기와 늙은 혈관 때문이다. 라우라는 독일의 집에 있다. 라우라는 안전하다. 나는 이리나에게 쓴 편지에 라우라도 내게 편지를 보냈다는 것을 알리지 않았다. 사실 나는 라우라에 대해 아는 게 하나도 없다. 이리나가 편지에 써 보낸 내용에는 사람이 실제로 어떻다는 이야기는 일체 없다. 라우라가 1학년이 되었다, 라우라가 5학년이 되었다, 라우라가 이번 해 대학 입학 시험을 친다. 그런 것은 결코 사람에 대한 설명이 아니다.

나는 라우라가 어느 나라말로 편지를 써 보냈는지 모르고, 왜 편지를 보냈는지도 알지 못한다. 혹시 라우라는 도움이 필요할 수도 있다. 그런데 나는 아이를 위해 아무것도 할 수 없다. 그 때문에 가슴이 찢어진다.

내가 알지 못하는 라우라의 진실은 지금 역시 예감밖에 할 수 없는 이리나의 진실과 같이한다.

이리나가 착한 여자임을 진심으로 굳게 믿는다. 이리나는 직장에서 흰 가운을 입는다. 가슴팍 주머니에 이름이 새겨져 있는데 독일 이름이다. 남편의 성을 딴 것이다. 나는 가운을 입은 이리나의 사진을 한 장 가지고 있고 그것을 라우라의 사진 옆에 붙여 놓았다.

이리나는 자신보다 근육이 훨씬 더 많은 남자들과 경쟁한다. 나와는 달리 이리나는 의사다. 나는 그게 무엇을 뜻하는지 잘 안다. 내 상관이 의사들이었다. 의사들은 나에게 이래라저래라 지시하거나 함부로 굴었지만 나를 건드리지 않고 내버려둘 때도 많았다. 그러는 편이 훨씬 더 자기들의 수고를 덜 수 있었기 때문이다. 어떤 의사들은 매사에 간섭하면서 모든 처치마다 지시를 내리려 했다. 또 어떤 의사들은 모든 것을 다 안다는 식이었다. 몇몇은 진찰실에서 술을 마시고 여성 구급대원과 같이 청소 도구 보관실에 들어가 문을 잠갔다. 나는 그것을 알고 있었지만 결코 입 밖에 내지 않았다. 당시 나는 담당하는 일이 따로 있었는데 그 의사와 여성 구급대원과 같이 하는 일이었다. 그리고 좋은 일이었다. 그런데도 나는 남자의 자존심에 상처를 입히지 않도록 조심해야 했다.

이리나는 그런 걱정은 할 필요가 없다고 했다. 하지만 나는 그 말을 믿지 않는다.

이리나가 나를 방문할 때는 오로지 내게 볼일이 있어서가 아니다. 나 같은 늙은 할머니는 그런 여행의 충분한 동기가 되지 않는다. 이리나는 우리 지역의 병든 아이들을 단체로 독일에 데리고 가서 독일 가정에 아이들을 흩어 보내고, 그 휴가 기간 동안 방사능에 오염되지 않은 깨끗한 공기를 마시게 한다. 이리나는 병원에서 아이들을 진찰하고, 자원자들을 시켜 아이들을 데리고 동물원과 수영장에 보낸다. 이 사람이 바로 내 딸이다. 3주 후 아이들은 갈색으로 그을리고 갈빗대에 살이 좀 붙어서 되돌아온다.

나는 라우라의 편지를 꺼내 한 단어 한 단어 들여다보지만 여전히 뭐가 써져 있는지 전혀 알 수가 없다.

늦은 시간, 나는 페트로프를 찾으려 마을을 쭉 돌며 산책한다. 오이 두 개와 복숭아 세 개를 가지고 간다. 오이는 내 텃밭에서 난 것이고 복숭아는 버려진 땅에서 딴 것이다. 옹이가 지고 구부러진 복숭아나무가 무거운 열매에 겨워 잔뜩 휘어진 채로 서 있다. 올해는 무척 결실이 많은 해다. 살구, 버찌, 사과 — 모든 나무에 이렇게 많은 열매가 맺힌 건 이번이 처음이다.

마을을 돌아다니며 우리의 수확물을 견본으로 가져가려던 연구원들이 떠오른다. 시도로프는 의기양양하게 괴물같이 큰 호박을 내주었고, 레노치카는 울타리 너머로 달걀을 건네주었고, 마르야는 조롱 투로 으르렁댔다. "알았어, 내가 당장 일어나서 당신들을 위해 염소젖을 짜야겠네. 그 밖에 또 필요한 건?" 그리고 나는 복면을 쓴 형상들에게 어깨를 으쓱해 보이고 내 땅에서 당신들이 원하는 걸 찾아가라고 했다. 결국 연구원들은 맡은 바 일을 해야 했다. 처음에 나는 그들을 위해 버섯 절임을 한 병 땄다. 손님으로 대접하려 했던 것이다. 연구원들은 버섯을 건져내더니 뚜껑 달린 병에 집어넣었다. 그들은 내 토마토를 고무장갑을 낀 손으로 만졌다. 다음번에 왔을 때는 내가 직접 만든 것을 선반에 그냥 두었다.

해먹이 삐걱대는 소리로 페트로프가 아직 우리 살아 있는 사람들 측에 있음을 알아챈다. 페트로프는 커다란 사마귀처럼 해먹에 누운 채로 툭 튀어나온 검은 눈동자로 나를 쳐다본다. 나는 가까이 다가가 그의 무릎에 과일을 놓는다.

그는 손에 들고 있던 책을 흔든다. "바바 두냐, 당신 평생에 카스타네다를 읽어본 적 있어요?"

"아니." 나는 그가 안뜰에 세워둔, 등받이를 톱으로 썰어 없앤 의자에 앉아 손을 깍지 낀다.

"당신은 책을 당최 읽지 않죠, 안 그래요?"

"뭐라고?"

"당신이 책을 아예 읽지 않는다는 걸 확인하려고요." 그는 소리를 꽥 지른다. 그런데 내 귀는 아주 밝다.

"우리 집에는 책이 없어. 잡지는 혹시 있을까. 그리고 의료 관련 참고서. 내가 교육받을 때 보던 교과서. 그건 이리나가 의학 공부를 시작했을 때 죄다 보냈어."

"전부 다? 그럼 집에 책이 한 권도 없어요?"

"없어. 다 보냈지."

"그럼 여기서 의료 관련해서 참고로 찾아봐야 할 게 있으면?"

"난 더는 참고할 게 없어. 필요한 건 다 알고 있으니까."

"희한하네. 나와는 정반대야." 그는 책을 바닥에 아무렇게나 집어던진다.

"그럼 당신은 책도 없이 조금도 지루하지 않아요?"

"난 지루하지 않아. 나는 늘 할 일이 있거든."

"당신은 완전 기적입니다, 바바 두냐."

나는 그 말에 아무 대꾸도 하지 않는다.

"인터넷이라는 말, 들어본 적 있어요?"

"들어봤지." 나는 실제로 들어왔다. "하지만 한 번도 보지는 못했어."

"그걸 어디서 봤겠어요. 우리는 여기 석기 시대에 살고 있는데. 대신 유령 전화기가 있어서 일 년에 한 번씩 연결되지만 왜 그러는지는 아무도 설명을 못하지."

"살면서 모든 걸 설명할 수는 없는 법이야."

"그 말은 다른 사람들에게도 정말 참을 수 없이 진부한 말일걸요."

페트로프는 늘 그런 식으로 말한다. 그는 알코올 중독자가 술을 필요로 하듯 책이 필요한 사람이다. 페트로프는 책을 충분히 읽지 않으면 견딜 수 없어 한다. 그런데 그는 결코 충분하다고 느낀 적이 없다. 체르노보에는 국립 도서관이 없다. 그리고 그는 여기에 있는 책이란 책은 모두 다 읽어치웠다. 자신의 나이보다 더 오래된 사용 설명서까지 하나도 남김없이.

"내가 죽을 때가 되면 전화가 되려나? 혹시 마르야가 날 위해서도 무덤을 파줄까요?"

"그건 그때 가서 보자고."

"당신은 어떤 일에도 눈 하나 깜짝하지 않죠. 바바 두냐, 그렇죠?"

나는 대답하지 않는다. 라우라의 편지 때문에 속이 탄다. 나는 거기에 아픈 곳이 있다. 페트로프가 유심히 나를 쳐다 본다.

"당신은 가끔 딸 이야기는 하는데, 왜 아들 이야기는 한 번도 하지 않죠?"

"아들은 더 멀리 떨어져 있으니까. 미국에."

"미국은 땅덩어리가 커요. 정확히 미국 어디?"

"바닷가 해안에. 그곳은 따뜻하고 오렌지가 자란다는군."

"플로리다? 아니면 캘리포니아?"

"몰라."

"왜 아들은 한 번도 편지를 안 보내요?"

"크리스마스 때면 늘 카드를 보내. 미국 크리스마스 때. 아들은 여자를 안 좋아해."

페트로프는 그 말을 소화하는 데 단 30초도 안 걸린다.

"그 때문에 당신이 아들을 쫓아낸 거예요?"

"난 아무도 쫓아내지 않았어. 하지만 아들이 이곳에 있지 않는 게 좋아."

"아들이 보고 싶어요?" 그가 나를 살피듯 쳐다본다.

나는 시선을 아래로 떨어뜨린다. 페트로프의 땅은 다른 데보다 모래가 많다. 땅은 물을 많이 먹는다. 페트로프의 목소리가 마치 바람에 쏴쏴 하는 소리 같다. 그는 이곳저곳 가보았던 데를 이야기한다. 한때 미국에서도 살았다고 한다, 뉴욕과 캘리포니아에서. 세상을 두루 여행했다고 한다. 고기뿐만이 아니라 우유와 달걀도 먹지 않고 동물을 위해 가죽 신발도 사지 않는 사람들이 있다고 한다. 그런 것들은 페르토프가 늘 재차 속에서 털어내야 하는 이야기고, 내가 이미 다 아는 이야기다. 페트로프는 마치 고장 난 라디오처럼 말한다. 하지만 그는 아직 살아 있다. 그리고 내가 가져온 오이의 절반을 베어 먹는다.

"그러면 영어도 할 줄 알겠네, 페트로프."

"당연히 할 수 있죠."

라우라의 편지가 내 소매 속에서 들썩인다.

"그리고 다른 외국어도 할 수 있어?"

"할 수 있어요."

그에게 물으면 참으로 간단할 터다. 내가 페트로프에게 반감 같은 게 있는 건 아니다. 나는 다만 그를 믿지 않을 뿐이다. 뿐만 아니라 아무도 믿지 않는다.

"뭘 생각을 해요?" 그는 물으며 복숭아를 집는다.

"당신이 나와는 완전히 다르다는 생각."

"바바 두냐, 어느 때이고 당신이 더 이상 살아 있지 않으면 체르노보는 없어질 거예요."

"난 그렇게 생각하지 않아."

그는 복숭아씨를 훅 뱉고는 씨가 날아가는 것을 눈으로 좇는다.

"그 씨에서 새 복숭아나무가 자랄 것 같아?"

"아뇨. 복숭아나무는 꺾꽂이로 번식해요."

"내 말은, 언젠가는 이 지역에 사람들이 어떤 짓을 가했는지 잊히게 될까? 백 년, 이백 년 후에? 그때면 이곳에도 사람들이 살게 되면서 행복하게 아무 걱정 없이 지내려나? 옛날처럼?"

"옛날에 이곳이 어땠는지 대체 당신이 알기는 해요?"

페트로프는 지금 약간 기분 상한 눈매를 하고 있을 수도 있다. 그는 마을에서 이런 식으로 말하는 유일한 사람이고, 나는 그게 틀리다고 생각한다. 그건 신문에 난 글이고, 체르노보의 우리와는 전혀 관계없는 글이다.

"오이와 복숭아 가져다줘서 고마워요." 내가 자리를 뜨자 페트로프가 나를 향해 외친다.

큰길을 건너가는 내 걸음걸이가 평소보다 몇 분 더 걸린다는 게 확실하다. 무덤이 있는 정원을 지나가면서 누군가 흙을 덮은 곳에 장미 꽃잎을 뿌려놓은 게 보인다.

§

걱정이 예고도 없이 시도 때도 없이 계속 나를 덮친다. 걱정이 머릿속에 첩첩이 쌓여 더 이상 생각도 맑게 할 수 없다. 내가 더 이상 살지 않는 삶으로 나를 되돌리는 순간이다. 페트로프와의 대화는 언제나 훌륭한 도화선이 된다. 그는 가슴을 찌르는, 대답하지 못하는 질문을 던진다.

체르노보에서 지낸 첫해에 나는 수많은 질문을 받았다. 가장 어려운 질문은 이리나가 했다. 가장 쓸데없는 질문은 리포터들이 한 것이다. 리포터들은 우주 비행사처럼 방사능 보호복에 싸인 채 가는 곳마다 나를 따라왔다. 그들은 엉망으로 아우성쳤다. 바바 두냐, 어떤 방향을 제시하려는 겁니까? 생명이 더 이상 살 수 없는 곳에서 어떻게 생존하려는 겁니까? 가족의 방문을 허용할 생각입니까? 당신의 혈액수치는 어떻습니까? 갑상선 검사를 하시겠습니까? 어떤 이들을 당신 마을에 들어오게 할 겁니까?

마을은 내 것이 아니라는 사실을 리포터들이 일찍이 이해했는지는 알 수 없다. 나는 리포터들과 이야기를 나누고, 내 집과 정원을 보여주고, 당시 비어 있던 다른 집들을 보여주려 했다. 그 또한 실수였다. 카메라에 등을 돌리고 리포터들의 코앞에 문을 쾅 닫았어야 했다. 하지만 나는 다른 교육을 받고 자랐고, 그것이 병원 간호조무사로 수십 년간

일한 경험보다 더 비중이 크다.

"당신은 리포터들에게 이 땅을 사랑한다는 말을 하지 말 아야 했어요." 페트로프가 나중에 나에게 일깨워 주었다. "그걸 리포터들은 선동으로 해석하고, 원전 사고의 불행을 의도적으로 아무렇지 않게 여기는 것으로 해석해요. 당신 이 자신을 도구화한 것에 대해 리포터들은 당신을 증오할 거예요."

"그래, 그렇담 내가 리포터들에게 하루 일찍 죽나 늦게 죽 나 사실은 개의치 않는다고 말했어야 했을까?"

"그렇게 말했어야 했겠지요." 페트로프가 말했다.

라우라의 편지가 내 영혼을 극렬하게 불태운다. 나 혼자 로서는 너무 벅차다. 편지를 읽을 방법을 찾아야 한다.

다음 날 아침, 나는 무거운 발과 무거운 머리로 집 앞 벤 치에 앉아 있다. 고양이가 살며시 내 주위를 돈다. 고양이는 점점 살이 찐다. 나는 고양이가 거미를 잡고 거미집을 망가 뜨리며 즐기는 모습을 재차 지켜본다. 동물이 사람보다 더 낫다는 생각을 해서는 안 된다. 고양이가 내 어깨에 뛰어올 라 까칠한 혀로 내 귀를 핥는다.

"자기가 오늘은 영 내 맘에 안 드네." 마르야가 말한다. 나 는 그녀가 오는 소리를 못 들었다. 마르야는 거대한 몸집과 닳은 슬리퍼를 신은 넓은 발과 산발한 금발 머리로 서 있다.

그녀는 기름때가 낀 욕실 가운을 입고 그 속에 하도 빨아서 회색이 된 나이트가운을 입고 있다.

"왜 옷을 안 입고 있어?" 내가 엄하게 묻는다.

"나 옷 입었어."

"여긴 다른 사람들도 같이 살잖아, 남자들. 넌 그렇게 입고 돌아다니면 안 돼."

"가브릴로프가 나를 강간이라도 할까 봐? 저리 좀 가."

마르야는 거대한 엉덩이로 나를 벤치 끝으로 밀친다.

"시도로프가 나한테 청혼했어." 마르야가 나를 쳐다보지 않고 말한다.

"진심으로 행운을 빌어."

"난 좀 생각해 봐야 한다고 대답했어."

"왜 버젓한 남자를 기다리게 해?"

"그런 일은 가볍게 결정해선 안 되는 거야."

나는 고개를 끄덕이고 두건을 고쳐 쓴다. 마르야의 뜨거운 몸 때문에 내 몸의 오른쪽에 땀이 흐르기 시작한다.

"난 벌써 오랫동안 남자 없이 살아 왔어." 마르야는 말을 하며 반응을 기다리는 듯 곁눈질로 나를 본다.

"남자가 있다 해도 네가 덜 외로워지지 않아. 게다가 남자 뒤치다꺼리도 해야 해."

마르야는 남학생처럼 이 사이로 휙 휘파람을 분다. "내가 청혼을 승낙하면 자긴 나한테 화를 낼 거야?"

나는 여전히 갈비뼈가 아파서 마르야 쪽으로 몸을 돌릴
수 없다. "내가 왜 화를 내? 축하해 줄 거야."

"아휴, 나도 모르겠다." 마르야는 낡은 나이트가운의 가
장자리를 잡고 코를 팽 푼다. "나한테 화낼 이유가 충분히
있지."

"절대 아니라니까. 그는 아주 늙은 남자지만 마음은 고귀
해. 넌 아름다운 여자고. 두 사람은 좋은 한 쌍이 될 거야."

나는 곁눈으로 마르야의 얼굴이 발개지는 것을 본다.

이날 밤, 나는 우리 집 고양이가 죽은 수탉 콘스탄틴과 결
혼하는 꿈을 꾼다.

§

새 소식은 빠르게 퍼진다. 어차피 한 마을에서다. 우리 마
을에서는 누군가 뭘 생각하기만 해도 벌써 이웃에 파다하게
알려진다. 시도로프가 첫 번째로 내 문턱에 서 있다.

"축하해요." 나는 조심스럽게 입을 연다. 왜냐하면 마음
속에 이 전개를 믿기에는 뭔가 거슬리는 게 있기 때문이다.

"고맙소." 그는 내 손에 키스를 하려 들지만 나는 얼른 손
을 빼고 우아한 인사는 약혼녀를 위해 아껴 두라고 말한다.

시도로프는 장황스레 말을 꺼내며 엉망진창으로 앞뒤를
뒤섞다가 혼란스런 말을 끊고는 처음부터 다시 시작한다.

나는 신경을 바짝 세우고 귀를 기울인다. 그럭저럭 말뜻을 알아듣는다. 그는 결혼의 의무를 어떻게 충족시킬지 걱정하고 있다.

"그 전에 잘 생각했어야죠." 나는 가차 없이 말한다. 그가 눈을 끔뻑댄다. 그는 어떤 이에게 동정심을 불러일으킬 수 있으리라. 하지만 자기 자신보다 젊은 여성을 취하려는 늙은 남자들은 자신이 어떤 일에 뛰어드는 것인지 사전에 잘 생각해야 한다.

"나는 당신과도 결혼하려 했소." 이 말이 그의 입에서 불쑥 튀어나온다. 하지만 나는 그것에 대해 이야기하고 싶지 않다. 이런 얘기를 하는 것은 마르야에게 무례한 일인 것 같다.

시도로프는 다시 나간다. 등이 평소보다 더 많이 굽었다. 나는 그의 새가슴이 심하게 벌렁거린다에 내기를 건다.

다음번으로 온 사람은 놀랍게도 가브릴로바다. 그녀는 내 의자에 앉더니 자기가 들은 말이 있다고 한다. 수선스럽게 말하는 태도가 신경에 거슬린다.

"제대로 들었어요. 우리 체르노보에서 곧 결혼식이 있을 거예요." 내가 말한다.

"하지만 어쩐지 비도덕적이지 않아요?"

"신랑 신부들은 성년이에요."

"정확히 나이 문제죠. 바로 내가 그걸 말하려는 거예요."

"법은 일정한 나이가 되면 결혼하는 걸 금지하지 않아요."

"그런데 두 사람은 어디서 산다고 해요?"

"왜 그걸 나한테 묻죠, 리디아 일리니치나? 나는 시어머니가 아니잖아요. 약혼한 사람들은 살기에 충분히 큰 집을 가지고 있어요."

갑자기 가브릴로바가 깔깔깔 웃고, 딱딱한 표정이 사라진다.

"아, 나야 좋지. 그럼 그녀는 해결되었네."

나는 가브릴로바를 쳐다본다. 마르야가 했던 음탕한 말, 가브릴로프가 강간 어쩌고 하던 말이 떠오른다. 마르야는 남자로부터 부드럽게 다루어지는 걸 중시하는 여자가 아니다. 그리고 가브릴로바는 단순히 우둔하지 않다는 것을 넘어 만사에 훤하다. 어쩌면 독일어도 할 수 있을지 모른다.

"신이 그를 도우시기를." 그녀는 말하며 심술궂게 씩 웃는다.

얼마 후, 페트로프가 와서 안으로 발을 들이기 전에 사랑의 시를 읊는다. 이어 또 하나를 읊는다. 세 번째 시에서 나는 충분하다.

"왜 그래?"

"우리가 결혼식 파티를 열고 더 나아가 후손까지 얻게 되는 거죠."

"그런 일이 생기면 진짜 하늘이 무너질걸."

"이 모든 게 굉장하지 않아요, 바바 두냐?"

나는 그를 움찔하게 하는 눈초리로 대답한다. 페트로프의 어떤 기분 상태가 내 신경을 더 많이 건드리는지 잘 모르겠다.

"오케이. 당신은 굉장한 일이라고 생각지 않는군요. 질투하는구나." 그가 말한다.

"질투 안 해. 하지만 체르노보의 몇몇 이들은 더 편안하게 잠을 자겠지." 내가 말한다.

페트로프는 이제 앉아야 한다. 체력이 육체에서 떠났기 때문이다. 밀랍 같은 얼굴 살이 해골에 착 달라붙어 있다. 페트로프가 활짝 웃으면 살이 찢어질 것만 같다.

"당신은 뭘 먹어야 해. 안 그러면 너무 이르게 힘이 빠져." 내가 말한다.

"인도에는 햇빛만 먹고 사는 사람이 있다는데."

페트로프는 일어선다. 이어 몇 걸음 걷더니 내 침대에 털썩 쓰러진다. 사실 나는 내 침대가 이제 공공 재산이 되었다는 게 즐겁지 않다. 우연히 지나가던 사람들이 모두 묻지도 않고 내 침대에 자리를 차지한다. 하지만 지금 페트로프를 침대에서 내몰면 바닥에 그대로 쓰러질 것이다. 병원 사람들은 그의 몸에서 장기를 꽤나 많이 들어냈다. 그런 그가 아직도 이렇게 많은 불안을 불러일으킬 수 있다는 건 기적이다.

내가 집 밖으로 나서자 그는 내 침대에서 외친다. "결혼식에서 난 틀림없이 울 거예요. 나는 날이 갈수록 점점 감상적이 되어 가요. 그거 모르겠어요?"

§

내가 체르보노에서 수도관과 전화선과 결코 맞바꾸지 않을 게 있다면 그것은 시간과 관련된 것이다. 우리에게는 시간이 존재하지 않는다. 기한도 일정도 존재하지 않는다. 근본적으로 우리 일상의 흐름은 일종의 유희다. 사람들이 일반적으로 하는 일을 우리는 좋아 한다. 아무도 우리에게 아무것도 기대하지 않는다. 우리는 아침에 일어날 필요도 없고 저녁에 자러 갈 필요도 없다. 우리는 그것을 완전히 거꾸로도 할 수 있을 것이다. 우리는 아이들이 인형과 가게를 꾸며 놓고 생활을 흉내 내듯 매일 사람들의 생활을 흉내 낸다.

그러면서 우리는 또 다른 세상이 존재한다는 사실을 잊어버린다. 다른 세상에서는 시계가 더 빨리 간다. 그곳 사람들은 우리가 기대어 먹고사는 이 땅에 대해 엄청난 공포를 가진다. 그 공포는 다른 사람들의 마음속 깊이 가라앉아 있다가 우리를 만나면 표면에 떠오른다.

17년 6개월 전, 내가 이리나가 있는 독일로 전화를 걸 때면 국가 번호와 도시 번호까지 합쳐 전화번호가 무척 길었다. 이리나는 그 전에 몇 달간 전화 연결이 되지 않은 때가 있었다. 그때 이리나는 편지도 쓰지 않았다. 나는 무슨 일이 있구나 하는 예감은 들었지만 정확히 무슨 일인지는 알 수 없었다. 당시 나는 여전히 말리치에 살고 있었고 정기적으로 5분짜리 전화카드를 사서 국제전화 부스의 긴 줄에 서서 기다리다 전화를 걸어 자동응답기에서 독일 말이 나오는 것을 들었다. 그럴 때마다 나는 곧장 전화를 끊었고, 이리나가 언젠가는 전화를 받을 것이라는 확고한 믿음을 가졌다. 만일 정말로 심각한 일이 일어났다면 내가 이미 전해 들었을 것이다. 이리나는 반드시 그리했을 것이다.

그러던 어느 날, 이리나가 실제로 수화기를 들고 말했다. "엄마, 전화를 해 주셔서 기뻐요. 알려 드릴 게 있어요. 엄마의 손녀가 태어났어요. 손녀는 태어난 지 11일째 되었고 건강해요. 이름은 라우라예요."

그리고 나는 물었다. "확실하니?"

"물론 정말이에요. 제가 이름을 라우라라고 지었어요."

"이름 얘기가 아니야."

"사람한테 확실한 게 어디 있어요. 하지만 손가락 발가락 다 세어 보고 확인했어요." 이리나가 웃었다.

뒤에서 아기가 빽 우는 소리가 들렸다. 꼬리가 끼인 새끼 고양이가 내지르는 소리 같았다.

"정말 큰 행운이구나. 얼른 딸에게 가보렴. 다음에 다시 전화하마." 내가 말했다.

그 후 한동안 나는 전화를 걸지 않았다. 나는 처음으로 아기가 생기면 대화를 나눌 시간이 많지 않다는 것을 알고 있었다. 나는 이리나에게 편지를 보냈다. 편지에 이리나가 아기였을 때의 기억을 되살렸고, 나는 돈을 모으기 시작했다. 이리나는 답장을 보냈다.

"엄마 미안해요, 미리 임신 사실을 알려드리지 못해서요. 일단 아기가 태어나는 것을 기다려 보려고 했어요."

이리나의 편지에는 엄청나게 큰 고무젖꼭지를 물고 있는 젖먹이의 사진이 들어 있었다.

나는 이리나의 심중을 정확하게 알고 있었다.

라우라가 만 세 살이 되었을 때 처음으로 이리나는 이 지역의 병든 아이들을 독일로 데려가기 위해 여기로 왔다. 라우라는 데려 오지 않았다.

나는 언제 손녀를 볼 수 있냐고 한 번도 묻지 않았다. 나는 딸에게 왜 옛 고향에 라우라를 한 번도 데리고 오지 않느냐고 묻지 않았다. 나는 대답을 안다. 나는 그 일로 이리나가 마음이 상하는 것을 원치 않는다. 이리나는 이미 벌써 몇 번이고 나를 독일에 초대했고 나를 데리러 왔다가 집에 다시 데려다 주겠노라고 했다. 이리나의 입에서는 참으로 쉽게 말이 나왔다. 반면에 나는 여행의 경험이 없다. 나는 평생 말리치를 벗어나 본 적이 없었다.

내가 그때 이리나의 초대를 받아들이지 않았던 게 후회막심일 뿐이다. 라우라가 아직 어렸을 때는 감히 엄두가 나지 않았다. 나는 딸의 가족에게 짐이 되고 싶지 않았다. 지금은 내가 너무 늙었다. 버스 정류장까지 가기, 버스 타고 가기, 그런 다음 또 다른 버스를 타고 공항으로 가기, 비행기 타기, 이리나네 집으로 차 타고 가기. 그 과정을 나는 이제 더 이상 해낼 수 없을 것이다.

그뿐만 아니라 나는 내 자신도 똑같이 우리 땅과 땅에서 나는 모든 산물처럼 방사능에 오염되었음을 안다. 원전 사고 직후 수많은 사람들이 했듯이 나도 검사를 받았다. 말리치에 있는 병원에 가서 의자에 앉아 이름과 생년월일을 말하는 사이, 옆에 있는 가이거(Geiger) 계수기가 덜덜거리고 인턴이 노트에 방사능 수치를 적었다. 나중에 생물학자가 내게 설명했다. 방사능 물질이 뼈 안에 침투해서 주변으로 방사능을 방출하는 까닭에 내 몸 자체가 작은 원자로나 다름없다는 것이다.

우리 숲의 딸기와 블루베리도 방사능을 내뿜고, 우리가 가을에 따서 모으는 그물버섯과 거친껄껄이그물버섯도 방사능을 내뿜고, 가브릴로프가 가끔 사냥하는 토끼와 노루의 살점에서도 방사능이 나온다. 외부에서 온 사람들은 그런 것에 절대로 손을 대지 않고 기껏해야 연구용으로 가져갈 뿐이지만 우리로서는 너무 안타깝다.

나는 가끔 내가 이렇게 오래 사는 이유가 좋은 공기와 매년 봄에 마시는 신선한 자작나무 수액 덕택이라고 생각한다. 나는 깨끗한 저장 용기를 여러 개 준비해 숲에 들어가서 내게 수액을 좀 내줄 뜻이 있어 보이는 튼튼한 자작나무를 찾는 데 시간을 보낸다. 우리보다 더 좋은 명성을 누리는 지역에 사는 몇몇 이들이 하는 것처럼, 한 나무에 계속 상처를 내고 한 번에 너무 많은 즙을 뽑아가는 짓은 야만적이라고 생각한다. 자작나무 수액은 비싸게 팔린다. 구멍이 숭숭 뚫려 바짝 말라버린 자작나무에 신경 쓰는 사람은 아무도 없다. 반면에 나는 나무껍질에 조심스럽게 구멍을 내고 조그만 관을 꽂은 후, 그 아래 유리병을 단단히 묶어 놓는다. 유리병 속으로 귀한 수액이 한 방울 한 방울씩 떨어진다. 며칠 지나 수액을 가지러 올 때 나는 환자를 돌볼 때 했던 대로 아주 조심스럽게 나무에 상처 난 부분을 처매준다.

나는 이리나와 알렉세이에게도 불필요하게 망가뜨리는 짓은 하지 말라고 가르쳤다. 물건을 고치는 일은 어렵고, 어떤 것은 완전히 망가지기도 한다. 여름방학을 맞아 도시에서 온 아이들보다 시골 아이들이 물건을 다루는 데 있어 조심성이 더 많았다. 그리고 설익은 열매를 마구 따거나 땅에 솟은 버섯을 아무 생각 없이 뽑아서 곧 버리고 마는 도시 아이들의 손을 이리나가 찰싹 때리는 것을 몇 번 보았다.

나는 귀한 자작나무 수액을 특히 귀한 손님에게만 내놓는다. 나는 생물학자에게 뭉클한 마음이 우러나 맑은 수액을 유리잔에 담아 내주었다.

"절 죽이실 작정이에요?" 생물학자는 웃으며 고개를 저었다.

나는 이 땅을 사랑하지만 그래도 가끔 내 아이들이 더 이상 여기 살지 않아서 다행이라는 생각이 든다.

§

나는 마르야네 문을 두드린다. 마르야가 우리 집에 올 때 절대로 하지 않는 행동이다. 왜냐하면 그녀는 내가 숨길 게 아무것도 없다는 잘못된 생각을 가지고 있기 때문이다.

마르야는 들어오라고 냅다 소리를 지른다. 마르야는 침대에 앉아 긴 머리채를 풀어헤치고는 나이가 너무 많은 라푼 젤처럼 성긴 빗으로 머리를 빗는다.

"어이, 신부 아가씨, 긴장돼?" 내가 말한다.

"난 여태 신부였던 적이 한 번도 없었어." 마르야가 징징 댄다.

"난 네가 결혼했었다고 알고 있었는데?"

"아휴, 그건 결혼이라고 하면 안 되지. 백 년도 더 넘은 일인걸." 마르야가 손을 휘휘 젓는다.

"무슨 옷을 입어야 할지 모르겠어."

"자기들 집은 어떻게 할 거야?"

"뭘 어째? 그냥 각자 가지고 있는 거지."

"둘이 같이 안 자?"

"혓바늘이나 돋아라."

"그럼 무엇 때문에 결혼하는 거야?" 나는 마르야 옆에 앉는다. 매트리스가 무척 푹신해서 우리 두 사람의 몸무게에 무서울 만큼 쑥 가라앉는다. 마르야는 화들짝 놀라며 나에게 바짝 매달린다. 우리는 아직 마르야의 침대에 같이 앉아본 적이 한 번도 없었고 내 침대에만 같이 앉았다. 그리고 내 침대가 더 튼튼하다.

"놔. 대체 왜 이래. 멍청하기는, 나를 좀 놓고 일어서게 도와줘." 나는 거칠게 숨을 몰아쉰다.

"나도 그러려고 하잖아." 마르야가 끙끙댄다. 하지만 몸을 움직일 때마다 우리는 푹 꺼진 매트리스에 의해 점점 더 서로의 몸을 누르게 될 뿐이다.

침대가 우지끈 부러지니 그게 나로서는 구원이나 다름없다. 침대가 부서지면서 나와 마르야는 이불 사이에 끼인 채 바닥에 나앉는다. 나는 이불 더미에서 기어 나와 벽에 의지해 몸을 일으킨다.

마르야는 쿠션 사이에 앉아 엉엉 운다.

"난 이제 침대도 없어."

"하지만 이제 남편이 있잖아. 그가 너에게 새 침대를 짜줄 거야.”

"그 사람이? 그 사람 몰골을 보지도 않았어?"

"결혼을 승낙하기 전에 침대를 짜 달라고 해."

마르야는 두 손으로 얼굴을 쓸어내린다. "자긴 항상 좋은 생각을 해낸단 말이야. 자기가 없으면 우리들 모두 더 이상 존재하지 않을 거야."

"그런 말은 입 밖에 꺼내지도 마."

마르야가 시무룩하게 나를 쳐다본다. "자기가 우리를 믿어 줬으면 해."

§

앞서 천천히 말을 꺼내면서 원래 하려 했던 말은 바로 이것이다. 내가, 내가 정말 잘못 보았을 리 없다. 나는 풀밭에 서 있고, 내 옆에 긴 파티 식탁이 차려져 있고, 내 앞에 풍만한 여인과 사람이라기보다 말라비틀어진 나무라고 해야 할 노인네가 서 있다.

내 뒤에는 마을 주민들이 서 있다. 페트로프만 너무 기력이 달려 앉아 있다. 다른 사람들은 두 다리로 서 있다. 살아 있는 사람들 사이로 망자들이 사뭇 호기심을 보이며 이리저리 바쁘게 떠돈다. 예고르는 바로 내 뒤에 서서 어깨너머로 나를 쳐다본다.

시도로프는 마르야에게 침대를 짜 주었다. 믿기지 않는 침대다. 그가 어떻게 침대를 짤 수 있었는지 아무도 말할 수 없다. 그는 나무둥치를 네 등분으로 톱질하고 그 위에 헛간 벽에서 뜯어낸 판자를 올려 놓았다. 못을 많이 박아서 모든 것을 단단하게 고정시켰다. 그 위에 마르야의 매트리스와 베개와 쿠션이 놓였다. 침대는 내가 본 것 가운데 가장 거대하고 넓은 침대다. 이제 마르야는 편안하게 잘 수 있다. 마르야가 으스대며 나에게 보여 주면서 단언했다.

"결혼이 왜 좋은지 알겠지?" 마르야의 말투에 우쭐함이 묻어났다.

"난 나쁘다고 한 적 절대 없다."

"근데 왜 그런 식으로 비웃는 거야?"

"마르야, 비웃지 않아. 네가 결혼해서 기뻐."

마르야는 결혼식 예복으로 레이스 잠옷을 입었는데, 잠옷이 흰색이다시피 해서 몸집이 한층 더 우람해 보였다. 어깨에는 장미가 그려진 검은색 스카프를 둘렀다. 머리는 땋아서 얹은머리를 해놓으니 당장이라도 의회에 입후보자로 나서도 될 것 같다. 레이스 커튼을 면사포로 썼다. 그리고 꽃, 온통 꽃이다. 머리에는 수레국화, 잠옷에는 패랭이꽃, 그리고 시도로프의 단춧구멍에는 들장미가 꽂혀 있다.

시도로프의 무릎이 후들후들 떨린다. 평소보다 더 왜소해 보이는 그는 마지막 힘을 모아 지팡이에 몸을 의지하고 있다. 두 손에 뼈가 하얗게 튀어나왔다. 하지만 얼굴은 승리의 미소로 일그러져 있다. 그 표정을 사람이 죽으면서 일으키는 경련으로 착각할 수도 있겠다. 시도로프는 잘 차려 입었다. 좀먹은 회색 줄무늬 바지와 화려한 지그재그 무늬 셔츠를 입었다.

신랑 신부는 내 앞에 서서 잔뜩 기대하는 표정으로 나를 쳐다본다. 이제 뭔가 축사를 하는 게 내가 해야 할 일이다. 나도 두 사람에게 예의를 차리는 뜻으로 옷을 세심하게 갖춰 입었다. 긴 치마와 실크 블라우스를 입고 머리에는 깨끗이 빤 스카프를 두르고, 크고 화려한 나무 구슬 목걸이로 치장했다.

문신 부위가 또 근질거린다. 내가 예고르와 결혼할 때 호적계원이 무슨 말을 했는지 기억을 떠올려 보려 한다. 하지만 기억이 나지 않는다. 그래서 내가 손님 또는 증인으로 참석했던 결혼식을 떠올려 본다. 이리나의 결혼식에 가지 못했다는 것이 생각날 수밖에 없다.

사촌 자매의 결혼식이 생각난다. 그때 나는 40대 중반이었을 텐데 한마디가 가슴을 파고들었다. "서로에게 잘 맞추라." 피곤에 겨운 호적계원이 사촌 자매와 미래의 남편에게 더도 덜도 아닌 그 축사를 해주었다. 그 토요일에 몇몇 신랑 신부가 호적계에서 기다리고 있었고, 복도에 있는 수많은 시어머니들의 기세가 이미 무서웠다. 나는 그 말이 오랫동안 잊히지 않았다. 당시 나는 이미 꽤 결혼 생활을 해온 애엄마였다.

세월이 많이 흐른 후 교회에서 신랑 신부가 결혼식을 올리는 광경을 텔레비전으로 보았다. 심지어 왕실 결혼식도 보았다. 어느덧 우리 시골 사람들도 젊은이들은 교회에서 결혼식을 많이 올린다. 우리 때였다면 교회 측에서 하는 일을 좀처럼 신뢰하지 않았을 것이다.

"두 분의 손을 이리 주세요." 나는 말하고, 그들은 기꺼이 손을 내민다. 보들하고 토실토실한 마르야의 손과 새 발톱처럼 비쩍 마른 시도로프의 손이다. 나는 내민 두 손을 잡아 서로 포개 준다. 마르야는 가진 물품을 뒤져 찾아낸 반지 두 개를 내놓았다.

나는 신랑 신부에게 반지를 나누어 준다. 시도로프는 마르야에게 반짝이는 돌이 박힌 두꺼운 반지를 손가락에 끼워 준다. 손가락이 너무 두꺼워 마르야는 이를 악문다. 반지 끼우기 성공. 그다음으로 시도로프가 반지를 받았는데 손가락이 뼈만 앙상해서 작은 반지조차 헐렁하다. 시도로프는 손가락에서 반지가 빠지지 않게 주먹을 꽉 쥔다.

"서로 잘 맞추어 사세요." 나는 말한다. 내가 산상수훈(山上垂訓)을 읊자 마르야는 눈을 크게 뜨고 나를 쳐다본다. "이제 당신들은 남편과 아내가 되었습니다."

나는 마르야의 맥박이 미친 듯이 뛰는 것을 느낀다. 시도로프에게서는 맥박을 전혀 느낄 수가 없다. 그의 피부는 차갑고 건조하다. 다시금 기대감이 공중에 떠돈다.

"기억할 수 있어? 이제 뭘 해야 하지, 기억나?" 나는 예고르에게 속삭인다.

"축복해 줘야지. 그리고 키스를 잊지 마." 예고르가 내 귀에 대고 속삭인다.

'설마 진심으로 하는 말은 아니겠지. 이들은 늙은 사람들인데. 그리고 나는 예의 바른 사람이고.' 나는 생각한다. 그런데 신랑 신부는 뭔가 정해진 것을 기다리는 것처럼 여전히 바라보고 있다. 그래서 나는 한숨을 크게 내쉰다.

"축하해요. 그리고… 두 분을 축복합니다." 나는 말한다. 그러자 마르야의 눈이 반짝이기 시작한다. "그럼, 당신들이 기필코 해야겠다면……. 내가 말해야겠죠……. 시도로프, 이제 신부에게 키스해도 됩니다."

§

우리는 마을 공동체로서 뭔가 같이 해 본 일이 아직 한 번도 없었다. 우리는 이사도 각각 따로따로 했다. 제일 먼저 내가 마을에 왔고 이어 다른 사람들이 들어왔다. 나는 들어온 사람들에게 인사를 하고 집을 보여 주고 토마토 씨를 주었다. 그러나 우리는 공동체는 아니었다. 모두가 남의 간섭을 받지 않게 되어 흡족해했다. 우리는 한 식탁에 다 같이 모여 앉아 있는 연습이 없었다. 이제 그걸 한다.

마르야의 정원에 커다란 식탁이 설치되고 그 위에 침대보가 여러 장 깔렸다. 그 위에 레노치카가 장미꽃을 흩뿌렸다. 온 마을의 식기가 다 동원되었다. 식탁 한가운데 놓인 페퍼민트 찻주전자에서 김이 오른다. 싱싱한 생오이 한 접시와 절인 오이 한 접시. 얇게 썬 토마토. 허브 한가득. 삶은 달걀. 내가 구운 버찌 케이크. 레노치카가 희생한 닭구이 두 마리. 그 닭을 우리 모두가 아귀처럼 쳐다본다. 그리고 시도로프의 창고에서 나온 과실주 몇 병.

신명이 절로 나는 분위기라고는 말할 수 없다. 하지만 어쨌든 분위기가 있긴 하다. 마르야는 머리에 쓴 커튼 베일은 벗었지만 꽃은 여전히 머리 다발에 달려 있다. 그녀의 뺨은 열기와 술과 당황스러움으로 발개졌다. 평소와는 달리 말이 적다. 마르야는 한 번은 이 사람을 봤다가 한 번은 저 사람을 봤다가 한다. 중간중간 그녀의 시선이 뭔가 소식을 전하려는 것처럼 한참 나에게 머문다.

시도로프는 가브릴로프와 머리를 맞대고 있다. 틀림없이 지저분한 음담을 나누고 있을 것이다. 가브릴로바는 불퉁한 얼굴을 하고 있다가 와락 웃음을 터뜨리길 계속한다. 페트로프는 이상스레 조용히 있으면서 레노치카를 전에는 한 번도 본 적이 없었다는 듯이 줄곧 쳐다본다. 그러더니 두 사람은 서로에게 다가간다.

죽은 수탉 콘스탄틴이 마르야의 무릎에 뛰어오르지만 마르야는 전혀 눈치 채지 못한다. 콘스탄틴은 마르야의 토실토실한 위팔을 쪼아댄다. 염소는 반대편에서 그녀의 잠옷을 질근질근 씹는다.

나는 술잔이 채워져 있는지, 다들 접시에 음식은 담겨 있는지 둘러본다. 누군가 우리를 지켜보는 기분이 든다. 내가 종교가 있다면 신이 지켜보고 있다고 하리라. 그러나 신은 내가 어렸을 때 우리나라에서 제거되었고, 나는 신을 다시 믿는 것에 실패했다. 부모님 집에는 성화상이 없었고 기도를 하지 않았다. 1990년대에 많은 사람들이 세례를 받았지만 나는 받지 않았다. 왜냐하면 다 큰 어른이 커다란 물통에 들어가서 향료의 연기를 코로 들이마시는 것이 멍청해 보였기 때문이다. 한편 예수 그리스도에 대해 들리는 소리를 종합하면, 예수는 엄전한 남자였다는 것이 나의 전적인 생각이다.

나는 과실주를 한 모금 마신다. 과일의 달콤함이 센 알코올 도수를 가린다. 머리가 띵해진다. 예고르의 얼굴이 보인다. 이리 와서 앉아, 당신을 용서할게. 내가 말한다.

"뭘 중얼거리고 있어?" 마르야가 몸을 굽혀 나를 껴안는다.

마르야에게서 풀 냄새와 땀 냄새가 난다. 나의 마르야, 그녀가 고열이 나서 일주일 동안 푹신한 침대에 누워 있을 때 내가 보살펴 주었다. 그때 나는 알코올로 그녀의 몸을 닦아

열을 내리느라 내 마지막 보드카를 다 썼다. 마르야의 몸에서 섣달그믐날 당직 의사의 몸에서 나는 것과 같은 냄새가 났다. 마르야에게서 땀이 터져 나왔을 때도 내가 그녀를 씻겨 주었다. 간호조무사로 일할 때와는 달랐다. 사람은 받은 교육과 경험이 아주 많을 수 있지만 그럼에도 불구하고 그런 육체 앞에서 때로 아이처럼 놀란 채 서 있곤 한다.

저 멀리서 요란한 소리가 들려온다. 수탉 콘스탄틴이 날개를 퍼덕인다. 레노치카는 페트로프의 무릎에서 일어난다. 그녀의 눈에 두려움이 가득 어려 있다. 마르야는 나를 껴안은 팔을 푼다. 나는 일어서서 잘 보려고 손을 눈 위로 해서 햇빛을 가린다.

먼지구름이 우리를 향해 몰려온다. 나는 또 한 번 눈을 깜빡거리고 나서야 이제 그것이 하늘색 민병대 차인 것을 알아본다. 민병대 차는 울퉁불퉁한 큰길을 덜컹대며 온다. 운전자석의 문들이 일시에 열리며 흰색 방사능 보호복을 입고 무기를 든 남자들이 내린다.

총소리가 나고, 과실주 한 병이 산산조각 난다. 가브릴로바가 아주 높고 찢어지는 목소리로 비명을 지른다. 민병들이 우리를 향해 명령을 외치지만 나는 귀가 먹은 듯 아무 말도 알아들을 수 없다. 식탁에 앉은 다른 이들도 알아듣지 못하는 건 마찬가지인 것 같다. 시도로프만 천천히 일어나 두 손을 번쩍 든다.

이때 내가 늙었음을 깨닫는다. 통증과 두꺼운 다리와 무거운 발 때문이 아니다. 아니, 내가 상황 파악에 이토록 느리다는 데서 늙었음을 깨닫는다. 그런데 다른 이들도 그리 재빨리 알아듣지 못한다. 민병들 가운데 한 사람이 무언가를 읊는다. "구속영장"이라는 말과 그 밖에 "혐의"와 "살해된"이라는 단어가 나온다.

나는 사람들을 하나씩 하나씩 쳐다본다. 민병들 무리는 발언하는 사람 뒤에 서 있다. 우리는 식탁에 둘러앉아 있다. 높이 쳐든 시도로프의 손이 긴장으로 떨린다. 노인에게 그런 일을 시켜서는 안 된다. 내가 시도로프에게 손을 내리라고 조그맣게 말하지만 그는 내 말을 듣지 않는다. 예고르는 머리를 가로젓는다. 마르야는 분개한다. 그녀는 이제 천천히 몸을 일으키더니 허리에 주먹을 턱 받치고 선다. 수레국화가 머리에서 나부낀다. 그리고 페트로프는 한층 더 창백해져서 레노치카를 꽉 잡는다.

지팡이가 있었으면 하는 순간이다. 내가 두 발로 설 수 있을지 확실치 않다. 내가 시도로프보다는 젊지만 그래도 이제 슬슬 보행 보조도구에 의지할 생각을 진지하게 해봐야겠다. 나는 시도로프의 지팡이에 손을 뻗는다. 지팡이에 몸을 의지하고 일어나 민병들 쪽으로 간다. 그리고 지팡이를 쳐든다. 나는 그냥 주의를 끌려고 했을 뿐인데 민병들은 뒤로 물러서면서 내게 총을 겨눈다.

"손님들을 우리가 환영합니다. 하지만 그러자면 당신들도 손님답게 행동해야죠." 내 목소리는 천둥처럼 우렁찼어야 했지만 실제로는 바람에 날리는 가을 낙엽처럼 속살거리고 만다. 민병들은 내 말을 알아듣기 위해 바짝 귀를 기울여야 했다. "우린 결혼식 잔치를 하고 있어요. 그런데 당신들은 무슨 일이에요?"

앞에 나와 있는 민병이 서류를 흔든다. "당신들은 살인 혐의를 받고 있습니다."

"누가요?"

민병은 서류를 들여다본다. 그러고 나서 내 눈을 똑바로 맞추려다가 대뜸 흘겨보기 시작한다.

"당신들 모두."

"체르노보 전체를?"

"매우 유감입니다. 그러나 바바 두냐, 당신도 살인 혐의에서 벗어날 수 없습니다."

그는 내 이름이 적혀 있는 줄을 슬쩍 보여주고는 즉시 서류를 뒤로 뺀다. 그는 우리가 서류를 만지면 자신의 손이 떨어져나갈 거라는 두려움을 가진 게 분명하다.

"매우 존경하는 민병대원 동지들." 나는 말한다. "매우 존경하는 민병대원님, 그건 정말 오해예요."

그는 갑자기 서류를 마구 흔들어댄다. "전 제 일을 할 뿐입니다, 어머님."

"하지만 우리를 좀 보라고요. 우리가 어디 살인자로 보이나요?"

민병대원의 시선이 우리들의 얼굴을 하나씩 하나씩 스쳐간다. 시선은 신랑 신부에게 좀 더 오래 머문다. 나는 그가 놀림 받는다는 기분이 들지 않게 직위를 자꾸 들먹거리지 않아야겠다고 생각한다.

"저를 너무 난처하게 하지 마십시오, 바바 두냐. 우린 정말 선택권이 없습니다." 그는 이를 악물고 말을 내뱉는다.

3부

구치소에서

—나는 날짜를 세지 않는다

사랑하는 내 손녀
라우라야.

너를 사랑하는 네 외할머니 바바 두냐가 말리치 근처의
체르노보 마을에서 이렇게 편지를 쓴다. 그런데 내가 지금
당장은 체르노보에 있지 않고 구치소에 있단다. 그런 까닭에
회색 종이에 편지를 쓰는 걸 용서해 주렴. 내가 특별히 예쁜

장미꽃 편지지를 사두었는데 여기에 가지고 오지 않았구나.

넌 이제 다 큰 소녀가 되었으니 내가 너에게 직접 편지를 쓰고 싶었다. 우리가 지금 이렇게 서로 편지를 나누는 게 참 좋구나. 편지는 나보다 네가 더 쉽게 쓸 수 있지. 혹시 편지를 이해할 수 없다면 넌 번역해 줄 사람을 빨리 찾을 수 있을 게다. 어쩌면 넌 러시아어를 읽을 수는 있지만 쓸 줄을 모르는 거니? 너희 젊은이들은 언어를 더 쉽게 배우잖니.

나는 애초에 너나 네 엄마를 성가시게 하려는 생각은 없었다. 그런데 소식이 러시아 국경을 넘어 널리 펴졌다는 소리를 들었다. 너희들이 쓸데없는 걱정을 하지 않았으면 한다. 우리 일에 대한 뉴스가 텔레비전에 나왔다고 하더구나. 러시아, 우크라이나, 백러시아(벨라루스)보다 외국에 더 많이 소식이 퍼졌다고 말이야. 구치소 앞에 수많은 기자들과 카메라맨들이 몰려들어 법정에서 일을 할 수 없었다고 한다.

그래서 내가 너에게 편지를 쓰기로 마음먹었다. 네가 사건에 대해 나에게 직접 듣고, (오로지) 네 엄마나 텔레비전에서만 듣지 않게 하려고 말이다. 텔레비전은 정보 매체로서 좋지만 당사자로부터 사건에 대해 직접 듣는 것도 좋지 않겠니.

난 지금껏 구치소에 들어와 본 적은 한 번도 없었다. 비록 범죄 사실이 아직 증명되지 않아서 미결구류라고는 하지만 말이다. 하지만 나는 진짜 교도소와 구치소가 어떤 차이가 있는지 정확하게 말해 줄 수 없구나.

앞으로 차차 알게 되겠지.

여기 구치소에서 우리는 한 감방에 여자 열 명이 지낸다. 감방은 그리 넓지 않지만 아늑해. 나 말고 여기에 체르노보 출신의 두 여자, 레노치카와 마르야가 있단다. 레노치카는 늘 슬퍼 보이는구나. 아이가 없기 때문이지. 아기가 병드는 게 두려워 아예 낳지 않았거든. 내 생각에는 잘한 결정이었다고 할 수밖에 없구나.

마르야는 내 이웃이야. 마르야에 대해선 내가 이미 여러 번 이야기했지. 감방에 있는 다른 여자들은 여기 와서 처음으로 알게 되었단다. 그들 가운데 많은 여자들이 무척 상냥해. 타마라는 남편과 싸웠고, 나탈리아는 허락을 받지 않고 남의 아기를 껴안았고, 리다는 잘못 알고 약품을 혼동했고, 카차는 선량한 남자를 모욕했는데 아마 실수로 그랬던 것 같더라.

그 여자들은 처음에 우리가 감방에 적응하지 못할까 봐 걱정했지만, 지금은 많이 나아졌단다.

체르노보의 남자들은 얼굴을 보지 못했지만 그들이 잘 지내기만을 바랄 뿐이다.

내가 너에게 고백하자면, 늙은 네 할머니는 여기에 있으니 기운이 조금 처지는구나. 가끔 기분이 나쁘기도 해. 마르야가 내 기분을 북돋워 준단다. 마르야는 여러 가지로 나를 보살펴 줘. 내가 수프를 먹는지 살펴보고, 아래층 침대에서 자도록 배려하고, 너무 우울해지지 않도록 대화를 해주면서 많이 신경 쓴단다. 그녀는 나더러 울적하게 웅크리고 있으면 안 된다고 해, 결국 말하자면 막 결혼식을 올린 자신이 나보다 훨씬 더 우울할 수밖에 없다는 거지.

결혼은 물론 구치소에서 인정되지 않아서 마르야와 새 신랑 시도로프는 법적으로 남남이고, 서로 상대방에 대해 증언을 해야 해.

사랑하는 손녀 라우라야, 너희 독일 텔레비전에서는 어떤 식으로 방송이 되었는지 모르겠구나. 나는 심문 받으러 갈 때 가끔 창밖을 내다본다. 그러나 눈에 들어오는 건 철조망과 담밖에 없다.

편지는 이쯤에서 마쳐야겠다. 너를 꼭 껴안는다.

너를 사랑하는
외할머니 바바 두냐.

§

무기력해진 탓에 무엇을 해야 할지 모를 때의 기분을 나는 잘 안다. 그러나 뭐가 옳고 그른지 모를 때의 기분은 어떤 건지 알지 못한다. 나는 라우라에게 네가 보내준 편지를 읽을 수 없었다고 썼어야 했다. 하지만 그러기에는 내 자신이 조금 부끄럽다. 그 밖에 이리나가 내 편지를 읽을 수 있다는 점을 고려해야 한다. 나는 수많은 길모퉁이를 생각하는 데 익숙지 않다. 나는 항상 똑바른 길을 걸었다.

이 터무니없는 체포로 인해 이리나와 라우라가 창피 당하지 않기만을 바랄 뿐이다.

우리 감방에 밤이 찾아와 다른 이의 코 고는 소리가 들린다. 부득이한 경우에 사람들이 얼마나 빨리 서로에게 익숙해지는지, 참으로 묘하다. 우리 감방에서 나는 타마라, 나탈리아, 리다, 카차를 특히 좋아한다. 타마라는 남편을 다리미로 때려죽였다. 나탈리아는 정육점 앞에 세워둔 유모차에서 아기를 납치했다. 리다는 설탕으로 만든 알약을 미제 아스피린이라며 속여 팔았고, 카차는 성직자의 차고 문에 외설적인 말을 갈겨 놓았다.

그들은 처음에 우리와 말을 섞지 않으려 했다. 우리와 한 감방에 있는 것조차 싫다고 했는데 방사능 공포 때문이었다. 그들이 미친 듯 문을 두드리며 소리를 질러대는 통에 결국 교도관이 와서 불을 꺼버렸다.

멀리 어디선가에서 철 그릇이 덜그럭댄다. 나는 기니피그 (guinea pig)처럼 갇혀 있다. 우리는 햄스터나 새, 새장 또는 우리에 넣어 두어야 하는 동물을 기른 적이 결코 없었다. 나는 동물을 가두어 놓고 자물쇠와 빗장을 질러두는 것을 반대했다.

마르야가 잠을 자다 몸을 뒤척이면 감방 전체가 부르르 떨린다. 가련한 마르야, 내 마음이 유난히 안타깝다. 레노치카는 덜 불쌍하다. 그녀는 여기서도 체르노보에 있는 것과 조금도 변함이 없다.

나는 항상 지니고 다니는 라우라의 편지를 꺼내 들고 천천히 문 쪽으로 간다. 감방의 불은 꺼졌지만 복도의 불이 희미하나마 조그만 격자창으로 들어온다. 나는 전에도 늘 그랬듯이 여전히 뜻을 알 수 없는 단어들을 읽어 보려 애쓴다. 그 때문에 나는 라틴어 철자로 된 사인, 라우라라는 이름에 붙들려 있다.

구치소의 여자 감독관이 움직인다. 그녀는 묵직하고 규칙적인 걸음걸이로 우리 방문 쪽으로 다가온다. 여기에 있는 많은 여성들은 몸집이 남자와 비슷해서 몸통이 유난히 넓다. 창문이 열린다.

"나야, 바바 두냐." 나는 재빨리 속삭인다. 감독관이 버럭 소리를 질러 우리 층 전체를 깨우지 않게 하려고 말이다.

"그만 자, 노인네."

"잠이 안 와. 노인네들은 잠이 없지."

"그럼 입 닥치고 누워 있어."

"딸아, 네 이름이 뭐니?"

감독관은 놀라 주춤한다. "예카테리나."

"참 예쁜 이름이네. 예카테리나, 너 독일어 할 줄 아니?"

감독관은 몸집이 큰 여성이다. 격자창에 걸쳐진 그녀의

얼굴이 부어올라 보름달처럼 둥그렇고 창백하다. 보아하니 야간 근무를 해야 하고 술을 많이 마시는 안색이다. 그리고 집에서 그녀를 기다리는 사람이 아무도 없는 얼굴이다.

"학교에서 프랑스어를 배웠어. 노인네, 또 부스럭거리기만 해봐. 내가 당장 뛰어 들어간다."

나는 라우라의 편지를 손에 쥘 수 있게 꼭꼭 아주 작게 접는다. 내용을 알기 전에 편지가 닳아 버리면 어떡하나, 이게 가장 큰 걱정이다.

사랑하는 내 손녀
라우라야.

내가 첫 번째 편지를 보냈는데 네가 아직 못 받은 것 같구나. 나로서는 너에게 편지를 쓰기가 좀 어려운 이유가 네가 무엇을 하며 지내는지 잘 모르기 때문이란다. 우편물은 여기서부터 독일에 있는 너에게 닿기까지 시간이 많이 걸린다. 나를 심문하는 민병대 수사관님의 신경이 바짝 곤두섰어. 범행을 밝히는 일이 진척되지 않는 데다 죽은 사람 측 가족들이 점점 초조해지기 때문이야. 내가 보기에 죽은 남자는 돈이 많고 얼굴이 많이 알려진 사람이었나 보더라. 이제 와서 그게 남자에게 무슨 소용이냐.

나는 그 사이에 변호사가 생겼단다. 국가에서 돈을 대주는 변호사인데 아직 꽤 젊어. 이름은 아르카디 세르게예비치라고 한다.

변호사가 나에게 그러더구나. 바바 두냐, 당신이 제게 계속 감자잎벌레 이야기만 한다면 제가 전략을 짤 수 없습니다.

그래서 내가 말하지. 어떤 전략? 죄 없는 사람이 왜 전략이 필요해?

어제는 변호사가 그러더라. 독일 잡지사에서 자기한테 나를 만날 수 있게 주선해 달라고 하고, 또 내게 할 질문을 대신 전달해 달라고 요청해 왔다는구나. 나는 당연히 네 엄마와 무슨 관계가 있는 건지 궁금하다. 그렇지 않으면 왜 독일 잡지사가 나에게 관심을 보이겠니?

나는 너에게 구치소에 대해 일반적인 이야기도 좀 하려고 했다. 그렇게 해서 연신 나와 관련된 얘기만 늘어놓지 않으려는 거지. 이곳 생활도 배겨낼 수 있구나. 애들이 이제 서로서로 좀 더 잘 참아준다. 마르야가 예전에 텔레비전에서 본 적이 있는데 구치소에서는 마약을 쉽게 구할 수 있다고 했단다. 하지만 나는 마르야를 비롯해 다른 사람들에게 그랬다. 우리 감방에는 마약이 없다고, 우리 감방은 깨끗하다고 말이야. 마르야는 기분이 상해서 내가 자기의 마지막 흥까지 잡쳐버린다고 투덜대더라.

또 마르야는 감방의 다른 사람들이 내 말을 잘 듣는 이유는 체르노보의 바바 두냐이기 때문이 아니라는 거야. 다시 말해 감방에서는 신문을 안 읽어서 그런 건 모른다는 거지. 대신 그들이 내 손에 있는 눈동자 문신을 봤기 때문에 말을 잘 듣는 거란다. 눈동자 문신이 구치소에서는 모두들 두려워하는 아주 중요한 사람만 하는 거란다-마르야의 경험에 의하면-.

그런데 내 문신은 눈동자가 아니라 이름 올레크(Oleg)의 첫 글자 O란다. 나는 문신을 지우려고 O 안에 색을 넣으려 했지. 그랬더니 문신이 이상하게 보이게 되었구나. 질이 좋은 잉크도 70년이 지나면 서서히 색이 없어져. 아무튼 이건 지나가는 이야기란다.

식사는 괜찮다. 식당 복도에 수프나 죽 같은 점심 메뉴의 견본을 보여주는 유리 진열장이 있어. 그렇게 해서 아무도 자기 몫을 조금 받았다고 불평하지 못하게 하는 거지. 늙은 할머니는 많이 먹을 필요가 없어. 그래서 내 걸 대부분 마르야에게 덜어 준단다.

내가 여기 들어앉아 있는 동안 집의 정원이 어떤 꼴이 될지 도무지 상상조차 하기 싫구나. 네가 잘 지내길 바란다. 넌 학교 성적도 좋겠지.

너를 사랑하는

바바 두냐.

§

사랑하는 내 손녀
라우라야,

네 할머니 바바 두냐가 또 편지를 쓴다. 내가 요즘 왜 이렇게 자주 너에게 편지를 쓰는지 의아할 게다. 구치소에 있어서 평소보다 시간이 더 많이 남아돌기 때문만은 아니란다. 이야기할 것도 더 많아.

이틀 후면 나는 변론에 들어간다. 키 작은 젊은이 아르카디 세르게예비치가 서류 가방을 들고 찾아와 변론하는 데 시간이 오래 걸린다고 했어. 고소 내용이 낭독되고 증인 심문이 있단다. 그런데 피고석에 앉은 우리들도 머릿수가 아주 많아. 마을 전체니까. 그리고 소송이 너무 기이한 데다 나는 모르는 사람이지만 외부에서 나를 아는 사람들도 있는 것 같으니 방청객도 오겠지. 내가 부끄러워해야 하는 건지 생각해 보았단다. 그리고 결심했지. 아니, 나는 부끄러워해야 할 필요가 없다. 나는 결코 옳지 않은 일을 하지 않았거든.

법정에 나가 이야기할 몇 가지 일에 대해 곰곰이 생각해 보아야 한단다. 나는 많은 사람들 앞에서 말하는 것에 익숙지 않아. 그러나 아르카디 세르게예비치가 내 말을 대신 낭독하면 사람들은 내가 한 말이 아니라고 생각할 수도 있어. 그러니 내가 직접 해야 한단다.

이 할머니에게서 항상 듣는 말이라고 해도 절대 잊지 말 아라. 우리가 한 번도 본 적은 없지만 네 할머니 바바 두냐 는 너를 제일 사랑한다. 내가 너보다 더 사랑하는 사람은 없어.

§

밤에 마르야가 딱딱한 내 침상에 앉아 엉엉 울고 있는 통 에 잠에서 깬다. 거대한 몸집의 윤곽이 흐느낌에 떨리는 게 보인다. 마르야는 소리 죽여 울려고 애쓴다. 왜냐하면 다리 미로 남편을 때려죽인 타마라가 잠잘 때 무슨 소리가 나는 것을 싫어하기 때문이다.

"왜 그래?" 내가 속삭인다. 마르야는 숨을 헉헉 몰아쉬기 만 한다.

"마셴카, 난 정말 모르겠어."

마르야가 내 옆에 쭉 뻗으려는 사이에 나는 몸을 바짝 벽 에 붙인다. 몹시 난처한 감행이다. 마르야가 바닥에 쿵 떨 어지든지, 아니면 내 위에 올라와 자신의 가슴으로 나를 질 식시킬 것이다. 나는 배를 쑥 집어넣어 최대한 몸을 줄이려 한다.

마르야는 내 목에 팔을 두르고 귀에 입술을 갖다 댄다.

"두냐, 나는 무서워. 우리 모두에게 유죄 판결을 내리고 총살시킬까 봐, 그게 너무 무서워." 마르야의 눈물이 내 귓속으로 흘러들어온다.

"총살은 무슨. 마르야, 그건 50년 전에나 있었던 거야."

"자기는 세상만사 무슨 일에도 꿈쩍 안 할 수 있어서 좋겠다."

그 말에 나는 아무 말도 하지 않는다.

"우리가 같이 그를 파묻었다는 건 물론 맞지만, 그를 죽인 사람은 딱 한 사람뿐이야!"

내 귓속에 마르야의 눈물이 뜨겁다. 나는 손 하나를 빼서 마르야의 어깨를 쓸어준다. 사건에 있어서는 마르야가 나보다 불리하다. 그녀의 변호사는 오지 않았다. 나는 아르카디에게 마르야도 변호해 줄 수 있냐고 물었지만 그건 금지되어 있다고 했다. 이곳 구치소에 상당한 무질서가 지배하고 있다는 느낌이 강하게 든다. 게다가 밖에서는 카메라 팀이 버티고 서서 사람들의 일을 방해한다.

"두냐, 자긴 누가 그랬는지 틀림없이 알고 있지!" 마르야는 날이 갈수록 자제력을 잃어가고 히스테리 발작에 빠진다. "제발, 나를 집에 돌아가게 해 줘. 체르노보로 가고 싶어. 나를 위해 뭘 해 줄 수 있는 사람은 아무도 없어. 나는 일부러 그리로 옮겨간 거야. 체르노보에 가면 마음 편하게 살 수 있을 거라 생각했으니까. 그런데도 경찰들은 나를 찾아내 구치소에 가두었잖아."

내 가슴이 두근두근 뛰기 시작한다. 나는 입술을 꽉 문다. 마르야는 밤에 자면서 때때로 남편 알렉산더의 이름을 외친다는 사실을 모른다.

"뭔가 해봐! 자기가 우리들의 대장이잖아." 마르야가 흐느낀다.

"나는 절대로 대장질한 적 없어."

그러나 마르야는 내 말을 듣지 않는다. 마르야가 몸을 떨어 나도 같이 몸을 떤다. "난 더 이상 참을 수 없어. 여기서 돌아버릴 거야."

"아가, 진정해. 정신줄을 좀 챙겨야지. 내가 너를 집에 갈 수 있게 해 줄게. 약속해."

§

"아르카디 세르게예비치, 어느 나라 말인지 뭘 보고 알아볼 수 있는 거예요?" 내가 말한다.

"네?" 그가 묻는다.

우리는 늘 같은 공간에서 만난다. 그곳은 정사각형이고 너무 작아서 책상 하나와 의자 두 개면 꽉 찬다. 문은 열려 있고 가끔 감독관이 고개를 들이밀고 우리에게 왕왕대거나 몰래 사진을 찍는다. 그러면 가끔 아르카디가 일어나서 밖으로 나가 마구 소리를 지른다. 그가 그토록 큰 소리를 지를 수 있다는 게 놀랍다.

홀쭉한 아르카디는 흰색 셔츠와 양복을 입고 있다. 서류 가방은 우리 사이에 책상 한가운데 올려져 있다. 그 옆에 큰 화면의 휴대 전화가 놓여 있는데 화면이 쉴 새 없이 번쩍거린다. 아르카디 눈 밑의 시커먼 다크서클은 움푹 들어간 뺨에까지 축 처져 있다. 손가락에는 결혼반지가 끼워져 있다. 그는 아내 곁에 있지 않고 대신 여기 내 옆에 웅크리고 앉아 늘 똑같은 질문을 한다. 그래서 나는 그 질문들에 대답하기 위해 신경을 곤두세울 생각이 슬슬 없어진다.

그는 서류 가방을 열더니 초콜릿을 하나 꺼낸다.

초콜릿의 검은색 포장지에 금색의 외국어가 박혀 있다. 라우라의 편지와 똑같은 철자로 씌어 있다.

"당신께 드리는 겁니다." 그가 말한다.

"고마워요. 하지만 이럴 필요 없어요."

"제가 어떻게 하면 당신과 친해질 수 있을지 머리가 깨질 지경이에요."

"난 다 가지고 있고, 만족해요. 일전에 준 키위, 고마웠어요. 키위를 먹어본 지가 꽤 오래되었거든요."

"바바 두냐! 당신은 절 절망하게 만드세요."

"자백한다면 어떻게 될까요? 그러면 다른 사람들은 모두 집으로 갈 수 있나요?" 내가 묻는다.

"경우에 따라서죠."

"어떤 경우요?"

"누가 자백하느냐에 따라."

우리 대화는 항상 이런 식으로 진행된다. 그리고 그게 나를 피곤하게 한다.

"아르카디, 난 그만 방으로 돌아갈래요."

"좀 있어 보세요, 제발!"

나는 이렇게 연신 일어섰다 도로 앉았다 하느라 무릎에 무리가 간다.

"당신이 한 질문에 제가 대답하지 않았잖아요. 세상에는 너무 많은 언어가 있어요." 그가 말한다.

"그게 종이에 적힌 거라면?"

그는 의자에 등을 기대고 눈을 감는다. 수업이 지루한 어린 소년처럼 잠시 의자를 삐걱삐걱 흔들어댄다.

"글에 the가 자주 나오면 영어입니다. 만일 der, die, das가 많이 있으면 그건 독일어고요. 그리고 un이나 une가 나오면 프랑스어죠. il이 있으면 이탈리아어일 수 있지만, 프랑스어일 수도 있어요."

나는 감탄해서 그를 쳐다본다. "당신은 아직 한참 젊은데도 이렇게나 지식이 많네요. 이제 그만 아내가 있는 집에 가서 푹 자도록 해요."

§

    나는 페트로프와 이웃 남자들을 첫 공판에서 다시 본다. 우리는 한 사람씩 차례로 이송되어 법정 안에 있는 격리실 벤치에 앉혀졌다. 시도로프는 무릎이 너무 굳어서 선 채로 페트로프의 어깨를 꽉 부여잡고 있다. 그는 오래 살 수 없을 것 같다. 그건 꼭 병원 간호조무사였던 사람만 알 수 있는 게 아니다. 그러나 사실 나는 온갖 최악의 일을 예상한다.

    내 변호사 아르카디 세르게예비치의 석회처럼 새하얀 얼굴에 돋은 붉은 반점이 보인다. 그는 격리실의 다른 쪽에 앉아 있다. 법정은 터질 듯 꽉 찼다. 아무튼 나는 법정이 좀 더 클 거라고 상상했다. 카메라맨과 기자 들이 쉴 새 없이 우리 앞으로 몰려온다. 그들은 우리에게 뭐라고 외치지만 우리는 그저 꼼짝도 하지 않고 카메라 렌즈만 쳐다본다.

    우리 체르노보 마을 사람들은 서로 인사를 나누지 않았고 쳐다보지도 않는다. 그게 어쩌면 무례함으로 비칠 수도 있을 것이다. 사실 우리는 서로 이어져 있어서 형식은 필요치 않은 것이다.

    판사는 과산화수소로 머리색을 탈색한 건장한 여성이다. 검은색 관복을 입은 판사의 옷깃에 매달린 흰색 턱받이가 흔들린다. 판사가 말을 하는 동안 나는 법정에 있는 사람들의 얼굴들을 본다. 양복, 셔츠, 청재킷을 입은 남녀들이다.

나는 페트로프 쪽으로 몸을 돌린다. 그의 얼굴을 봐야 한다. 나는 그에게 가장 중요한 질문을 던져야 한다. 페트로프는 도전적으로 내게 시선을 맞춘다. 나는 짧게 고개를 가로 젓는다. 지금은 고집부리는 애처럼 행동해서는 안 되는 순간이다.

나는 그의 눈이 말하는 것을 읽는다. 나는 머지않아 곧 죽어요. 당신 정말로 내가 인생의 마지막 나날을 구치소에서 보내기를 원해요?

나는 일어나서 창살로 다가가 톡톡 두드린다.

판사가 하던 말을 중단한다.

"시간을 길게 끌 필요는 없겠지요." 늙은 내 목소리가 녹슬어 법정에 거칠게 울린다.

아르카디가 벌떡 일어난다. 나는 그에게 다시 앉으라고 손짓한다.

판사가 나를 내려다본다. 판사는 1980년대의 경리 같은 얼굴이다. 손가락에는 굵은 반지를 끼었다. 반지를 보자 마음이 놓인다. 이 여성은 내가 아직 알고 있는 세상에 속한 사람이다. 어쩌면 내가 그녀의 첫 아이를 받았을지도 모른다. 어쩌면 내가 그녀의 다리에 붕대를 감아주었을 수도 있다. 어쩌면 내가 그녀 할머니의 사망을 확인했지도 모른다. 수많은 나날 속에 내 손을 거쳐 간 사람들이 그렇게 많았다.

"바바 두냐?" 판사가 입을 열자 모두가 와락 웃는다. 판사는 헛기침을 하고는 정숙하라고 주의를 준다. "미안합니다…. 에브토키야 아나톨예브나, 어디가 안 좋습니까?"

에브토키야 아나톨예브나는 신분증에 나와 있는 내 이름이다. 법정에 웅성거림이 인다.

"난 괜찮습니다. 그런데 내가 할 말이 있어요. 여기 격리실에 있는 우리 모두는 늙었거나 몸이 허약하거나 아니면 둘 다입니다. 사람을 이렇게 괴롭혀선 안 되지요, 이건 무례한 일입니다. 존경하는 판사님…, 죄송하지만 내가 판사님의 이름과 성을 모르네요. 나는 법정에서 어떻게 하는 건지 모릅니다. 그러니 실수를 하더라도 용서해 주세요."

판사는 변호사 아르카디를 쳐다본다. 아르카디는 나를 쳐다본다. 유니폼을 입은 사람들이 서로 속삭인다. 움직임과 시선의 사슬이 생겨난다. 순간 나는 현기증이 일어 창살을 꽉 부여잡는다.

모든 이가 나를 쳐다본다. 그날 체르노보에서 실제로 무슨 일이 일어났는지 아무도 모른다. 죽은 사람조차 전혀 모른다. 이 세상에서 오직 두 사람만 안다. 그리고 내가 그 두 사람 가운데 하나다.

"여러분들 중에 아무도 실제로 무슨 일이 일어났었는지 아는 사람이 없을 것입니다." 나는 말한다. "내가 과정을 두서없이 이야기하는 것을 용서하세요. 그러나 이 창살 안에 백 살이 된 노인이 있는데, 그는 제대로 서 있지도 못합니다. 그래서 내가 여러분들에게 말하는 겁니다. 짧게 하지요. 우리는 체르노보의 마지막 주민입니다. 이 사건의 사망자도 우리 마을로 이사를 오려고 했습니다. 남자는 어린 딸을 데리고 왔어요."

나는 조금 전에 법정이 조용하다고 생각했는데 잘못 생각한 것이었다. 지금에야 비로소 쥐 죽은 듯 조용하다.

"체르노보는 아름다운 곳입니다. 우리에겐 좋은 곳이지요. 우리는 아무도 내쫓지 않아요. 하지만 젊고 건강한 사람이 오려 한다면 나는 말릴 겁니다. 우리 마을은 모든 사람들이 살 수 있는 곳은 아니니까요. 복수를 위해 어린 딸을 데리고 우리 마을에 들어온 사람은 악인입니다. 아이는 엄마가 필요해요. 그리고 아이는 깨끗한 공기도 필요해요."

나는 판사의 하얀 턱받이에 시선을 고정한다. 정신을 집중해야 한다. 나는 잠시 판사도 아마 영어를 할 줄 모를 거라는 생각을 한다.

"이제부터 내가 하는 말을 정확하게 기록해 주시길 당신에게 부탁합니다. 아르카디, 내가 말하게 놔 두세요, 나는 나이가 많은 사람이고, 정신력이 굉장히 강합니다. 판사님, 잘 들으세요. 나 체르노보의 바바 두냐는 악인을 도끼로 살해했고 다른 사람들은 폭력의 위협을 받아 정원에 구덩이를 파고 시체를 묻었습니다. 사람들은 내 말을 거역할 수 없었어요. 따라서 이제 내가 청원합니다. 존경하는 판사님, 다른 사람들은 풀어 주고 나를 단독 범인으로 처벌해 주세요."

§

　사랑하는 내 손녀 라우라야.

　너와 너의 엄마, 그리고 물론 내가 귀하게 여기는 네 아빠도 잘 지내길 바란다.

　나는 일하다 쉬는 시간 15분을 이용해 아직 해가 밝았을 때 너에게 편지를 쓴다. 네 외할머니가 이제 중범죄자가 된 것을 틀림없이 텔레비전으로 보았겠구나. 나는 살인미수 죄로 3년 구류형을 선고받았다.

　너에게 편지를 쓰는 게 조금 부끄럽구나. 왜냐하면 네가 이 외할머니를 부끄럽게 여길 수 있기 때문이야. 하지만 그러지 않아도 된다. 첫째, 내 양심은 깨끗하단다. 내가 꼭 해야 하는 일을 했기 때문이다. 둘째, 비록 네가 미친 여자를 외할머니로 두었더라도 네 자신은 착한 소녀이기 때문이야.

　나는 빨간 셔츠를 입고 있는 네 사진을 지니고 있다. 이곳에서 나는 많은 물건을 가지고 있지 않아. 일상에 필요한 물건만 조금 가지고 있지. 나는 체르노보에 있는 아름다운 나의 집을 자주 생각한다. 이제는 내가 원하던 대로 집에서 눈을 감지 못할 것 같구나. 이 생각에 아직 적응하지 못했다.

라우라야, 내 말을 믿어다오. 나는 살면서 많을 것을 겪었지. 하지만 가장 평화로운 생활을 그곳에서 보냈단다.

이제 나는 교도소에 들어와 있다. 이곳 생활도 괜찮아. 여자들하고 어울려 잘 지낸다. 우리는 6시에 일어나 씻고 아침(찧은 보리)을 먹고 난 후 공장에 가서 재봉틀에 앉아. 우리는 베갯잇을 만드는 작업을 한다. 나는 일 년에 여섯 개까지 소포를 받을 수 있어. 하지만 그 얘긴 일부러 네 엄마에게 쓰지 않았다. 네 엄마가 또 쓸데없이 나 때문에 돈을 쓰지 않도록 말이다.

그 밖에 며칠간의 장기 면회는 네 번 허용되고, 3시간까지 단기 면회는 여섯 번 허용된단다. 네가 너무 멀리 있어서 나를 찾아오지 못하는 게 안타깝다. 마르야가 면회 오기에도 길이 너무 멀고. 아르카디는 마치 아무 할 일이 없다는 듯 단기 면회를 신청했더구나. 우리는 유리 칸막이를 사이에 두고 분리된 상태에서 전화 수화기를 들고 이야기를 나눈다. 하지만 사람들에 대해 속된 표현을 절대로 쓰면 안 돼. 평소에 간수가 대화를 죄다 듣고 있다가 즉시 중단시키기 때문이야. 그 때문에 아르카디는 잡지 〈오늘날의 정원사들〉의 대목을 읽어 준단다. 한 번은 소동이 일어났어. 간수가 똥 비료 이야기를 암호 전달로 여겼기 때문이야.

나는 날짜를 세지 않는다. 체르노보나 그 외 다른 곳에서도 날짜를 세지 않았던 것처럼 말이다.

나는 편지를 끝맺지 못한다. 손이 말을 안 들으려 한다. 손가락을 펴려고 애쓰지만 꼬부라진 채로 있다. 나를 배반하는 손가락을 의심스러운 눈초리로 쳐다본다. 아직 한 번도 말썽을 피운 적이 없는 손가락이다. 다른 손을 써서 연필을 놓는다. 그리고 나는 일어나려 한다. 그런데 몸을 일으킬 수 없다는 것을 제때 알아채고 그대로 앉아 있다. 일어나다 고꾸라져 대퇴경부 골절이라는 불상사를 부를 필요는 없다.

30분은 족히 앉은 채로 있다. 어쩌면 그보다 더 길거나 더 짧을 수 있다. 이제 도와달라고 외치려 하지만 뜻대로 되지 않는다. 눈이 서서히 내려앉는다. 지금 나에게 일어나는 일이 무슨 일인지 정확히 알지만 해당하는 단어가 떠오르지 않는다. 너무 오래 앉아 있는 바람에 척추가 아프다. 도대체 언제 사람들이 나를 찾으러 올 건가. 내가 일하러 돌아가지 않은 시간이 이미 꽤 오래 지났을 텐데. 누군가 내 몸을 돌려 똑바로 눕힌다 — 나는 내가 쓰러졌다는 사실을 전혀 알아채지 못했다.

§

어떤 이들이 주장하기를, 영혼이 육체를 빠져나와 공중에서 떠돌면서 이 육신의 껍질로 다시 한 번 되돌아갈 것인지 곰곰이 생각해 볼 수 있다고 한다. 나는 영혼이 있는지 모른다. 유물론자로 키워졌기 때문이다. 우리는 영혼과 세례와 천국과 지옥을 자주 들먹이지 않았다. 나 또한 침대 위에서 떠돌지 않고 침대에 누워 있다. 한쪽 눈으로 이리나를 쳐다본다. 다른 쪽 눈으로는 아르카디를 본다. 나는 양쪽 눈을 한데 모으려 애쓴다. 벽에 링거 스탠더가 있는 게 보인다.

그 밖에도 나는 낯선 잠옷을 입고 이불이 배까지 덮여 있다.

눈을 다시 감는다.

나는 언제나 건강했다. 평생 병원에 간 것은 아이들을 낳을 때였다. 나는 이리나가 한 살도 되지 않았을 때 알렉세이를 임신했다. 나는 젖을 먹이는 동안은 임신이 안 된다고 생각했고, 첫 아기 이리나를 아주 오랫동안 기다린 까닭에 둘째는 전혀 생각도 하지 않았다.

예고르는 나에게 펄펄 뛰며 화를 냈다. 두 번째 임신 기간 동안 예고르는 집에 있을 때가 드물었고, 일 때문에 출장 간다고 자신의 부재를 둘러대는 데 눈 하나 깜짝하지 않았다. 그가 다시 나타날 때면 싸구려 향수 냄새를 풍겼다. 그 후로 나는 향수를 무척 싫어한다. 사실 나는 예고르를 다시는 집에 들이지 않겠다고 작정했다. 그런데 양수가 몇 주 일찍 터졌고 내가 딸의 동생을 낳으러 병원에 간 사이

어린 이리나 곁에 있어야 할 사람이 필요했다. 둘째는 아들이어서 예고르의 자존심을 세워 주는 한편, 조산은 죄책감이 들게 했다. 예고르는 내 손에 입을 맞추며 내 무릎에 대고 눈물을 펑펑 쏟았다.

다시 눈을 뜬다.

이리나가 우는 모습을 보는 건 내 평생 두 번째다. 이리나는 침대 옆 플라스틱 의자에 앉아 있고, 손에 휴지가 한 뭉치 들려 있다.

나는 이리나가 우는 이유를 알 수 없다. 왜냐하면 나는 아무렇지도 않고 여기서 나가고 싶기 때문이다. 틀림없이 재봉틀 앞에 앉아 있어야 할 시간을 제법 빼먹었을 것이다. 침대에 눕기 전에 할당량을 마치지 못했다.

그 사실을 나는 이리나에게도 알려준다.

"엄마, 거울 좀 한번 볼래요?" 이리나가 묻는다. 나 스스로도 입꼬리가 처져 있음을 느낀다. 하지만 처진 입꼬리는 재봉질을 똑바로 하는 데 방해가 되지 않는다. 뿐만 아니라 이리나는 절대로 내 외모를 흠잡아서는 안 되는 사람이다. 우리가 마지막으로 본 이후 이리나는 십 년은 더 늙어버렸다.

"네가 올 필요 없었는데. 여기 오느라 분명히 일에 지장이 많겠구나." 내가 말한다.

이리나는 여기 온 지 벌써 2주도 넘었다는 말로 나를 깜짝 놀라게 한다. 이리나는 무급 휴가를 받아야 한다. 독일

의사들은 그렇게 오랫동안 휴가를 얻을 수 없는 게 확실하다. 딸이 지금 직장을 잃은 것도 아니다. 딸은 독일 군인들을 절개하고 꿰매는 대신 이리로 날아왔다. 이리나는 좋은 병원으로 나를 옮기는 일을 두고 변호사와 며칠 내내 싸웠다는 이야기를 전해 준다. 지금도 딸의 전화가 울린다. 그리고 앰네스티에게서 온 전화라고 한다. 하지만 난 앰네스티라는 여자를 모른다.

"체르노보의 내 토마토에 물을 주는 사람이 아무도 없어." 나는 생각을 밝힌다.

"엄마, 토마토는 잊어버려요. 독일에서 우리가 엄마에게 작은 텃밭을 마련해 드릴게요."

"내가 독일에서 뭘 하니? 그곳엔 너희들 말고 내가 아는 사람이 아무도 없어."

"하지만 모두가 엄마를 알아요." 이리나는 말하며 잡지를 꺼낸다.

나는 사진을 보는 게 두렵다. 나는 어린 소녀 때부터 사진을 잘 찍지 않았는데 그럴 만한 이유가 충분히 있었다. 이 독일 잡지 표지에 두건을 쓰고 있는 나는 얼굴에 주름살과 아직은 꽤 건강한 치아를 하고 있다. 이 사진은 바깥세상이 미쳤다는 증거다.

나는 또 다른 사진들도 본다. 체르노보를 찍은 흑백 사진이다. 우리가 알아듣지 못하는 언어로 말했던 사진작가가 기억이 난다. 그는 신경질적인 통역사를 데리고 와서 모든 걸 찍었다. 마르야와 염소, 레노치카와 그녀의 사과나무, 시도 로프와 그의 전화기.

그러니까 이 사진들은 옛날에 찍은 것이다. 심지어 콘스탄 틴도 찍혀 있다. 나는 집 앞에 서 있고 발치에 고양이들이 살 금살금 다가온다.

아주 많은 글이 써져 있다. 사진들은 오래된 것이지만 잡 지는 새것이다. 잡지는 최근 사건을 계기로 사진을 실었다. 이리나는 내용을 번역해야 하는 까닭에 좀 더듬거리며 기사 를 읽는다.

"바바 두냐는 사람들이 부러워하는 여성들 가운데 한 사 람인데, 그녀는 아이처럼 웃을 수 있기 때문이다. 주름진 조 그만 얼굴, 작은 흑갈색 눈을 가진 그녀는 아주 작고 동그랗 다. 키가 150센티미터가 채 되지 않는다. 상징적 인물. 국제 언론 매체가 만들어낸 허구. 현대의 신화."

나는 내 손을 찬찬히 들여다본다. 손등의 희미한 문신 O 자가 검버섯과 더불어 정말 약간 눈동자처럼 보인다. 올레크 가 다른 여자를 택했을 때 나는 더 이상 살지 않으려 했었는 데, 지금은 그의 얼굴도 기억나지 않는다.

"하지만 난 허구가 아니야. 난 버젓이 존재하잖아. 안 그러 니, 이리나?"

그러자 이리나는 또 어린아이처럼 엉엉 운다.

다시 평온해졌으면 좋겠다. 나는 일하러 가고 싶다. 아직 다리에 힘이 없지만 다시 좋아질 거다. 나는 사람답게 옷을 입고 싶다. 이리나가 집으로 돌아가면 좋겠다. 이리나가 무엇 때문에 그렇게 걱정을 하는지 알고 싶다. 이리나는 잡지에 나온 내용, 세상이 나에 대해 생각하는 것을 이야기하고 싶어 한다. 그러나 나는 세상에 대해 도대체 관심이 없는데?

"라우라가 내 편지를 읽었니?"

"라우라요?" 딸의 기색이 나를 두렵게 한다.

"그래, 라우라. 내 편지들은 도착했어?"

"엄마, 우리는 엄마의 편지를 못 받은 지 벌써 한참 되었어요."

"하지만 난 편지를 써 보냈는데."

"혹시 우표를 잘못 붙인 거 아니에요?"

"난 편지에 모든 걸 다 설명해 놓았어."

이리나는 어깨를 으쓱해 보인다. 그들은 내 설명이 필요치 않다. 아무도 설명을 필요로 하지 않는다. 사람은 평온이 필요하고, 어쩌면 돈은 여전히 필요할 것이다.

"라우라는 어떻게 지내니?" 내가 묻는다.

"라우라요?" 이리나가 되묻는다. 그리고 똑같이 되묻자 내 등줄기로 소름이 쫙 끼친다. 이제 무서운 소식을 들으리라는 것을 알기 때문이다.

"라우라가 아프니?" 나는 걱정에 입술이 떨어지지 않는다.

이리나는 고개를 가로젓는다. 순간 나는 이미 알았어야 했다는 생각을 한다. 오래전부터 알고 있어야 했다. 왜냐하면 모든 게 그것을 암시했기 때문이다. "라우라는 아예 없는 애지, 그러냐? 네가 라우라라는 아이를 꾸며냈구나. 넌 아이를 낳을 수 없었어. 아니면 원치 않았거나. 레노치카처럼."

이리나가 나를 쳐다본다. 휘둥그레진 눈이 아주 파랗다. 이리나가 그처럼 너무 엄격한 얼굴이지 않았다면 아름다웠으리라. 하지만 나는 이리나를 아름다운 여성으로 기르지 않았다. 나는 이리나가 어떻게든 세상을 헤쳐 나갈 수 있게 기르려 했다. 그리고 그것은 적어도 성공했다.

지금 내 머릿속은 한 가지 생각뿐이다. 라우라가 존재하지 않는 아이라면 그 모든 것이 무슨 의미가 있나?

"라우라는 물론 있어요. 하지만 엄마가 생각하는 아이와는 완전히 다른 애예요." 이리나가 말한다.

내가 알고 있는 라우라는 금발에 슬픈 눈을 하고 있다. 아이의 얼굴은 너무도 순수해서 그것만으로도 마음이 아플 지경이다. 라우라는 머리핀을 꽂지 않고 절대로 웃지 않는다. 라우라는 기적이다. 완벽하기 때문이다. 사진에서 보는 나의 라우라는 그렇다.

이리나가 말하는 라우라는 머리를 박박 밀었다. 라우라는 부모의 돈을 훔쳤고, 13세에 알코올 중독이 되었고, 학교 두

군데에서 퇴학당했고, 러시아어는 거의 알아듣지 못하는데 그 점은 물론 이해한다.

"걔는 나를 미워해요." 이리나는 말하며 비벼서 빨개진 눈으로 나를 뚫어지게 본다.

이리나는 나와 이렇게 말을 나누어 본 적이 한 번도 없었다. 딸은 한 번도 걱정거리를 이야기하지 않았다. 그러더니 지금 그런 이야기를 한다. 이럴 때 내가 이리나를 껴안아 주어야겠지만 우리는 그런 것에 익숙지 않다.

"엄마, 제가 모든 걸 다 잘못했어요."

"아니다. 내가 모든 걸 다 잘못했다. 네 문제도 그렇게 많은데 나까지 살인으로 걱정을 끼쳤으니 마음이 아프다. 내가 바라는 건 네 남편이 우리 가족을 나쁘게 생각지 않았으면 하는 거다." 내가 말한다.

"그가 무슨 생각을 하는지 알 게 뭐예요. 우리는 7년 전에 헤어졌어요."

이리나는 그 사실을 지나가듯 말한다. 그리고 나도 똑같이 지나가듯 고개를 끄덕인다. 그게 뭐 대수인가. 아이들이 더 중요하다. 우리 아이가 지금 위기에 처해 있다. 그리고 이 소식 앞에서 나와 관련된 만사가 퇴색한다. ― 유죄 판결, 뇌졸중 발작, 교도소의 베갯잇 재봉질.

"내가 너에게 돈조차 줄 수 없구나. 라우라를 위해 저금해 놓은 돈이야. 체르보노의 차 깡통 안에 들어 있다. 혹시 누군가 그 돈을 이리로 가지고 올 수 있을지."

"저도 라우라에게 아무것도 줄 수 없어요. 애가 어디 있는지 몰라요."

"네 말이 무슨 말인지 이해를 못 하겠다."

"뭘 이해를 못 해요? 라우라는 가출했어요. 집 나간 지 몇 달 되었어요. 연락도 하지 않아요. 애가 도대체 어디 있는지 몰라요."

그래서 나는 지금이야말로 틀림없이 이리나에게 도움이 될 수 있는 일을 털어놓는다. "라우라가 내게 편지를 보냈다."

지금 내가 하는 행동이 옳은지 그른지 역시 말할 수 없다. 나는 이리나에게 누군가 침대 옆에 둔 내 비닐봉지를 이리 달라고 한다. 나는 물건을 꺼낸다. 비눗갑에 든 비누 하나, 샤워용 스펀지 하나, 절반은 짜낸 핸드크림 튜브, 그리고 치약 튜브. 빨간 립스틱은 마르야가 구치소에 있을 때 내게 빌려준 것이다. 그리고 꼭꼭 접은 조그만 종이, 그것을 나는 손으로 곱게 편다.

"난 오직 the만 알겠다. 편지를 번역해 줄 사람을 찾을 수 없었어." 내가 말한다.

이리나는 편지를 급하게 내 손에서 낚아챈다. 내가 간직한 라우라의 비밀이 깨진 게 몹시 마음 아프다. 하지만 이리나는 지금 편지가 필요하다. 이리나는 고개를 숙이고 편지를 읽으면서 말없이 입술을 달싹인다.

"뭐라고 써져 있니? 넌 읽을 수 있어?"

이리나는 대답하지 않는다. 이리나의 눈동자가 위아래로 움직이면서 턱이 떨리기 시작한다.

"이리나, 말해 봐."

이리나는 고개를 들고 나를 쳐다본다. "제가 엄마에게 이야기한 바로 그 내용이에요. 자기가 얼마나 엉망진창으로 살아왔는지, 가족들이 얼마나 끔찍한지를 썼어요."

"라우라는 절대로 그렇게 생각지 않을 게다."

"애가 반드시 그렇게 생각하면요. 그리고 애가 우리 모두를 미워하면요? 외할머니만 미워하지 않는대요."

"애는 지금 어디에 있니?"

"안타깝게도 편지에 쓰지 않았어요."

§

나는 이리나가 거짓말했다는 것을 안다. 편지에는 이리나가 내게 해 준 이야기보다 더 많은 게 있다. 이리나는 서둘러 일어나서 간다고 인사를 하면서 상황이 좋아지는 대로 곧 다시 온다고 했다. 나는 내 걱정은 하지 말라고 했다. 나는 좋아질 것이다. 이리나는 아이를 보살펴야 한다. 나는 이리나가 라우라에 대해 한 이야기를 전부 믿고 싶지 않다. 라우라는 좋은 아이다.

"그리고 넌 아직 젊으니까, 한 번 더 결혼할 수 있어. 네가 웃는 법하고 예쁜 옷을 사는 법만 배우면 말이야." 내가 이리나를 보내며 말했다.

"누구한테서 그런 걸 배울 수 있겠어요?"

"나도 결국은 배웠잖니. 그때가 내 나이 예순이 넘어서였어. 사실 웃는 법은 체르노보에 돌아오고 나서였다."

이리나는 흠칫 놀랐다.

나는 편지를 다시 돌려받아 이번에는 신발 속에 감추었다. 이리나는 내키지 않아 했지만 나는 고집을 피웠다. 이리나가 편지를 읽어도 되지만 편지는 내 것이다. 라우라가 나에게 써 보낸 것이었다. 아무튼 이제 편지가 영어로 되어 있다는 것은 안다. 귀여운 것, 외할머니가 외국어를 할 줄 알 거라고 생각했던 거다. 아니면 내가 독일어보다 영어를 번역해 줄 사람을 찾는 게 쉬울 거라고 생각했던 거다.

나는 재봉틀이 있는 내 자리로 돌아왔다. 일을 하는 한 더고르게 숨을 쉰다. 우리나라는 베갯잇이 필요하다.

나는 편지 쓰기를 그만두었다. 대신 영어를 배우려 한다. 다행히도 내 왼쪽에 앉은 여성이 학교 다닐 때 배운 영어를 아직도 기억할 수 있다. 스물한 살인 그녀는 갓 태어난 자신의 아이와 관계된 일로 복역한다. 그녀는 그 일을 얘기하지 않고 나도 캐묻지 않는다. 그녀는 매일 영어를 한 단어씩 가르쳐 준다. 대신 나는 바느질을 도와준다.

손가락이 전혀 내 손가락이 아닌 것처럼 느껴진다. 그것에 신경 쓰지 않는다. 나는 뇌졸중으로 쓰러진 이후 베갯잇 614개를 재봉했다. 그리 많은 것은 아니다. 젊은 여자들은 나보다 두 배 아니 세 배 더 빠르다. 그래도 614명이 내 덕에 베갯잇 없는 속통을 베고 자지 않아도 된다.

12시는 언제나처럼 휴식 시간이다. 우리는 양철통에서 엷은 과일차를 가져오고, 여자들 대부분은 마당에 나가 담배를 피운다. 나는 선 자세로 정맥 순환 체조를 하면서 참새들을 쳐다본다. 참새들은 고무신을 신은 수많은 발들 사이로 눈에 보이지 않는 부스러기를 찾아다닌다. 나는 체르노보의 멋쟁이새가 떠오른다. 내가 앞으로 두루미를 다시 한번 볼 수나 있을까. 그러면서 나는 며칠 전에 배운 영어 단어들을 되뇐다. Bag, Eat, Teacher, Girl.

밖이 갑자기 소란스러울 때 베갯잇 615개를 다 완성하지 못했다. 나는 밖을 내다보지 않는다. 무엇 때문에 소란스러운지 곧 자세히 알게 될 것이다. 사람들이 들어오자 놀란 내 가슴이 철렁한다. 그들이 곧장 나를 향해 오기 때문이다. 이렇게 많은 사람들이 나를 데리러 왔다면 결코 좋은 일이 아니라는 예감이 든다. 유니폼을 입은 여성들과 일반 남성들 그리고 유니폼을 입은 남성과 일반 여성들. 그들의 얼굴이 희미해지고 내가 몹시 늙은 기분이 든다.

그들 가운데 한 사람이 앞으로 나오더니 내게 몸을 숙이고 우리 대통령이 나를 사면했다고 크게 말한다.

§

우리 대통령은 좋은 사람이다. 그는 전성기 때 예고르의 모습과 약간 닮아 보인다. 다만 예고르는 비겁한 겁쟁이였고, 대통령은 강철의 의지를 가진 남자다. 그런 사람이라면 나는 결혼 생활을 하면서 존경했을 것이다. 그런 남자라면 틀림없이 체르노보를 두려워하지 않았을 것이다. 그러면 서둘러 마을을 떠나려 하지 않았을 것이다. 그러면 나처럼 손해 배상을 무시하고, 방사능 희생자로서 공짜로 받는 쓸데없는 시력 검사와 비타민 따위를 거들떠보지 않았을 것이다.

우리 헌법 제정 기념일을 맞이해 대통령은 많은 범죄자들을 특사했다. 나도 그에 속한다. 비록 내 범죄가 다른 많은 이들보다 더 무거운 범죄지만 내 나이가 대통령의 마음을 누그러뜨린 모양이다. 어쩌면 대통령이 신문에서 내 기사를 읽고 체르노보의 바바 두냐는 교도소에서 죽으면 안 된다고 생각했을지도 모른다. 대통령은 위대한 남자들이 모두 그렇듯 너그러운 마음씨를 가졌다.

나는 다만 재봉질하기 시작한 베갯잇이 유감이다. 매번

베갯잇을 만들 때마다 마지막 재봉질인 것처럼 최선을 다했는데, 마저 마무리 짓지 못해 안타깝다. 나는 재촉당한다. 이제 자유의 몸이기 때문이다. 자유의 몸이 된다는 것은 예상치 못했다. 나는 무엇을 해야 할지 모른다. 짐을 싸세요. 사람들이 말한다. 그래서 짐을 싼다.

나는 가진 게 많지 않다. 옷은 교도소의 것이라 잘 개어 놓는다. 누군가가 자꾸 안을 들여다본다. 나는 그에게 노인네가 속옷 세 장 개는 것을 한 번도 본 적이 없냐고 혼을 낸다. 나는 침대를 정리하고 작은 베개를 탁탁 털어 깨끗이 한다. 내 물건을 베갯잇 속에 집어넣고 묶는다.

아르카디를 다시 보는 게 놀랍지 않다. 아마 그는 여기 와서 모든 게 잘 되어 있는지, 그리고 얼마 전처럼 실수로 내 혈액 희석 물약을 화장실 세척제와 바꾸어 놓는 일이 없도록 지켜보려는 것 같다.

아르카디가 재촉한다. 조용히 나갈 수 있도록 언론에는 내가 사흘 후에 석방된다고 전달되었다. 하지만 곧 첫 번째 언론사에서 사람이 찾아왔다. 소문은 재빨리 퍼지기 때문이다. 아르카디는 나를 보호하고 나는 그의 걸음걸이를 맞추려 애쓴다. 우리는 안마당을 가로질러 간다. 나는 작별 인사를 하려고 봉제 공장에 다시 한 번 들르려 한다. 아르카디가 나를 말린다. 마치 그에게는 이곳을 최대한 빨리 빠져나는 것 외에 중요한 것이 아무것도 없는 것 같다. 나의 젊은 이

옷 여자가 뛰어와 돌돌 만 쪽지를 내 손에 쥐어 준다.

"영어 단어예요." 그녀가 속삭인다. 나는 그녀의 부드러운 뺨을 쓸어 주며 건강한 아기를 많이 낳으라고 기원한다. 그런 다음 나는 봉제 공장을 향해 몸을 돌린다. 회색 죄수복을 입은 여자들이 다들 창가에 서 있다. 그러더니 그녀들이 박수를 친다.

내가 눈물이 흔한 사람이라면 다른 이들을 결코 찾아오지 않았으리라. 나는 손을 가슴에 올려놓는다. 그녀들은 나를 깍듯이 대했다.

4부

집으로

—고양이가 또 새끼를 낳았어

아르카디 세르게예비치는 작고 지저분한 차를 몬다. 그는 나에게 주려고 너무 긴 새 겨울 코트와 장갑을 가지고 왔다. 따뜻한 옷을 교도소에 반납해야 했기 때문이다. 나 같은 범죄자들이 아르카디로 하여금 돈을 많이 벌지 못하게 하니 죄책감이 든다. 그는 자신이 일한 대가로 내게서 한 푼도 받지 못했다. 라우라에게 주려고 돈을 모아둔 차 깡통에서 조금이라도 내주어야겠다.

"집에 도착하는 즉시 당신에게 돈을 부칠게요."

"그보다 서두르세요. 바바 두냐." 그는 말하며 문을 열어 준다. 이제 나는 개인 승용차를 타고 나의 옛 생활로 향한다.

아르카디는 공항에서 필요한 물건을 모두 구할 수 있을 거라고 말한다.

"무엇을 구한다고? 어떤 공항에서?"

"당신은 독일에 있는 따님에게 가시는 겁니다. 모든 게 다 준비되었어요."

"그러니까 나는." 내가 입을 연다. "비행기 타고 아무 데도 가지 않아요. 나는 집으로 가요."

아르카디는 즉시 알아듣는다.

차 앞유리에 붙어 그에게 길을 안내하는 조그만 화면은 체르노보를 모른다.

"내 텃밭은 틀림없이 잡초로 무성할 거야. 버스 터미널에 나를 내려 줘도 돼요." 내가 말한다.

"당신 따님이 절 죽일 거예요." 아르카디가 말한다.

그는 말리치에 차를 잠시 세우고 초콜릿 바와 생수 한 병을 산다. 낯선 남자가 내 먹을거리를 사려고 돈을 낸 적은 여태 한 번도 없었다.

"자넨 좋은 청년이야." 나는 말하며 물건을 집어넣는다.

그는 그냥 나를 쳐다보기만 한다. 이후 차를 몰면서도 역시 그런다. 그가 운전에 집중하지 않았다는 이유로 내가 하필 지금 불의의 사고를 당한다면 안 될 것이다.

나는 그에게 생활과 직업에 대해 묻는다. 우리는 두개골에 박힌 도끼 외에 다른 이야기를 나눌 기회를 한 번도 갖지 못했다. 그는 말 한마디마다 지뢰밭에 발을 내딛는 것처럼 조심스럽게 대답한다. 그러더니 두 달 후면 아버지가 된다고 한다.

"진심으로 축하해요! 아기는 틀림없이 건강하죠? 오늘날은 초음파로 아기를 살펴볼 수 있으니까." 내가 말한다.

"아내는 여기에 없어요. 영국으로 보냈어요." 그가 말한다.

나는 고개를 끄덕인다. 그가 국도로 차를 모는 동안 나는 텃밭에 어떤 꽃들이 있는지 이야기한다. 내 눈앞에 산뜻하고 새하얀 경치가 펼쳐진다. 겨울 날씨가 점점 더 따뜻해진다. 내가 어렸을 때는 지금보다 눈이 더 많이 내렸다. 자연은 푹 쉬기 위해 눈이 필요하다.

아르카디의 차 안에 앉으니 버스에서보다 훨씬 더 몸이 쑥 내려가서 타이어에 작은 돌이 튀어오르는 소리가 들린다. 차는 빠르게 달린다. 아르카디는 녹색 버스 정류장 옆의 고요한 봉봉 초콜릿 공장 앞에 차를 세운다. 버스 정류장은 눈으로 가득 덮여 있다. 이곳에서 내가 늘 쉬어 가곤 했다. 들판 오솔길에 토끼가 지나간 발자국이 보인다.

"바바 두냐, 미안해요." 아르카디가 말하며 내 눈길을 피한다.

"그런 생각은 말아요. 난 당신이 무척 고마워요." 내가 말한다.

"무슨 말을 해야 할지 모르겠습니다."

"그럼 조용히 있어요."

나는 차에서 내리느라 낑낑댄다. 그는 문을 열어 주고 참을성 있게 기다려 준다. 그가 내 물건이 든 베갯잇을 준다.

"가시는 길은 알고 계시죠?"

"걱정 붙들어 매쇼." 나는 그의 소매에 묻은 눈송이를 털어 준다. "당신이 변호해 주어 정말 고마웠어요."

이제 그는 떠난다. 나는 물건으로 반쯤 찬 베갯잇을 어깨에 둘러메고 길을 걷는다.

걸은 게 한 시간도 두 시간도 아니다. 세 시간이 넘게 걷는다. 마치 내가 없는 사이에 체르노보가 서서히 뒤로 물러나기라도 한 듯 길이 훨씬 더 길어진 것 같다. 숨을 들이쉬는 게 힘들지만 마음속에서 노래가 흘러나온다. 뇌졸중으로 쓰러진 이후로 다리를 절게 되어 걸음을 옮길 때마다 온몸이 아프다. 나는 숨을 돌리기 위해 계속 선다. 그러다 가끔 베갯잇 짐을 버릴까 하는 생각을 한다.

그런데, 대체 누가 까닭 없이 들판에 자신의 속옷을 버리겠는가?

나는 다시 힘을 모으려 크게 노래를 부른다. "사과나무 꽃, 배나무 꽃이 피었네."

여름이 아니라서 다행이다. 한여름의 뜨거운 열기였으면 나는 지금 죽었을 거다.

곧 체르노보에 봄이 올 것이다. 새싹이 돋아나고 나무는 연둣빛이 될 것이다. 나는 숲에 들어가 자작나무 수액을 얻을 것이다. 백 살까지 살고 싶어서가 아니라 자연의 선물을 거절하는 것은 죄악이기 때문이다. 새들이 꽃으로 만발한 사과나무에서 재잘댈 것이다. 생물학자는 우리 마을의 새들이 다른 곳보다 더 시끄러운 이유를 설명해 주었다. 원전 사고 이후 암컷보다 수컷이 더 많이 살아남았다. 오늘날에도 암수 불균형이 존재한다. 그래서 절망적인 수컷들이 좋은 암컷을 찾기 위해 목청껏 노래를 부르는 것이다.

페트로프를 아직 만날 수 있을지 모르겠다. 아마 그럴 수 없을 것이다. 시도로프가 아직 살아 있다는 것에 대해서도 손에 장을 지질 만큼 장담할 수 없다. 어쩌면 그들은 유령이 되어 나를 반길지 모른다. 내 고양이는 분명히 있을 것이다. 그리고 가브릴로바의 닭들도. 집은 우선 사람이 살 수 있을 만하게 다시 만들어야 한다. 예고르는 있을 것이다. 그는 항상 있을 것이다.

나는 다시 한 번 숨을 돌린다. 다리가 아프다. 하지만 계속 가야 한다. 체르노보의 집들이 저 멀리 지평선에 나타나는 게 저마다 기울고 들쭉날쭉한 이빨 같다.

부디 누군가는 있기를, 나는 생각한다. 아무도 없으면 나

는 이제 온갖 유령과 동물하고 혼자 살게 된다. 그리고 누군
가 또 내게로 올 사람들을 기다릴 것이다.

라우라를 생각한다. 늘 라우라를 생각할 것이다. 상상을
해본다. 우리가 이리로 차를 타고 오면서 금발 소녀가 앉아
있는 버스를 지나쳤다면 얼마나 좋았을까. 머리를 박박 깎
고 문신을 한 금발 소녀였으면 좋겠다. 소녀가 버스에서 내
리고, 나는 소녀의 손을 잡고 집으로 갈 것이다. 그것이 소
녀에게 늘 결핍되었던 것이다. 아이는 가정을 가져 본 적이
한 번도 없었다. 아이의 엄마가 살면서 편안한 기분을 느끼
는 법을 가르쳐 주지 않았기 때문이다. 나 스스로도 그런 기
분을 너무 늦게 배웠다.

영어를 배워 라우라의 편지를 읽으리라. 그 편지를 읽을
수 있을 때까지 오래 삶에 머물 것이다.

베갯잇 자루에서 초콜릿 바를 꺼내 먹으니 기운이 난다.

큰길은 갓 내린 눈으로 덮여 있다. 가브릴로프의 굴뚝에
서 연기가 솟아오른다. 마르야의 염소가 저쪽에 서서 내 사
과나무 껍질을 갉아대고 있다.

"쉿쉿, 저리 가, 이 멍청한 놈아!" 내가 외친다.

염소가 옆으로 펄쩍 뛴다. 마르야가 창문에 나타난다.

"누가 내 염소한테 소리를 지르는 거야?" 마르야가 소리
를 빽 지른다.

나는 두 명의 마르야를 보는 것 같다. 방금 전에 집 안에

있었는데 마르야가 어느새 문을 열고 뛰쳐나온다. 마르야는 달려와 숨 막히게 나를 껴안는다.

"날 좀 놔. 뼈를 죄다 으스러뜨릴 작정이야. 난 더 이상 여든둘이 아니라고." 내가 투덜댄다.

"나는 자기가 풀려날 줄 알았어. 나는 처음부터 그럴 줄 알고 있었어." 마르야가 속삭인다.

"어떻게 알았어? 난 몰랐는데."

"우리 집으로 가야 해. 자기 집은 거미들이 완전 점령했어."

"그래도 우선 집을 한번 봐야지." 나는 마르야에게서 돌아서서 내 집을 바라본다. 여전히 내 집이다. 그건 거미들도 알아주겠지.

"일단 뭘 좀 먹어!"

"좀 이따가." 나는 말한다. 집으로 다가가 문손잡이를 잡는다. 광에서 야옹 하는 소리가 들린다. 그리고 연기처럼 회색빛인 새끼 고양이가 사뿐사뿐 걸어 나온다.

"자기 고양이가 또 새끼를 낳았어. 한 놈은 눈이 없어." 마르야가 외친다.

"소리 좀 지르지 마. 넌 더 이상 혼자가 아냐." 나는 말한다.

그리고 문을 활짝 연다. 나는 다시 집에 왔다.

바로 '지금' 우리의 문제를
바라보는 거울 같은 소설

이 책을 통해 국내에 처음으로 소개되는 알리나 브론스키 (Alina Bronsky)는 1978년 구 소련 예카테린부르크에서 태어난 러시아계 독일 작가다. 어린 시절을 우랄 지역 아시아쪽에서 보낸 브론스키는 1990년대 초 가족이 독일로 건너와 12세부터 마르부르크와 다름슈타트에서 자랐다. 현재는 베를린에서 살고 있다.

그는 의학 공부를 중단하고 광고 카피라이터, 편집자로 일했다. 데뷔작 『쉐르벤파크(유리 파편 공원)』(2008)는 브론스키가 임의로 출판사에 보낸 원고가 곧바로 채택되어 출간되자마자 큰 반향을 불러일으켰고, 그는 독일 현대문학의 젊은 신예 작가로 떠올랐다. 데뷔 소설은 다양한 문학상을 비롯해 특히 2009년 독일 청소년문학상과 아스펙테 문학상의 후보작에 올랐다. 연극과 영화로도 제작된 첫 소설은 어느덧 현재 독일어 수업에서 가장 많이 읽히는 도서가 되었다. 브론스키의 두 번째 작 『타타르인의 가장 매운 요리』는 2010년 독일문학상 후보작에 올랐다. 『거울아이

(Spiegelkind)』(2012)와 『거울의 균열(Spiegelriss』(2013)은 자신의 이야기를 꺼리는 작가의 가장 사적인 산문에 해당한 다. 역시 베스트셀러인 이 책 『세상의 모든 여자는 체르노보로 간다』(원제 : Baba Dunjas letzte Liebe)도 2015년 독일 문학상 후보작에 올랐다.

브론스키가 첫 소설에서 청소년 주인공의 날카롭고 거침 없는 반항적 어투로 이민자 인물의 심리를 생생하게 묘사했 다면 『세상의 모든 여자는 체르노보로 간다』 문체는 사뭇 다 르다. 80세가 넘은 바바 두냐는 150센티미터의 땅딸막한 키 에 동그란 얼굴이 주름으로 자글자글한 할머니다. 결코 녹록 지 않았던 삶의 굴곡을 넘기고 얻은 관조적인 시선으로 세상 을 바라본다. 하지만 여전히 짱짱한 정신력을 소유한 바바 두냐가 툭 던지듯 풀어놓는 이야기에 해학이 돋보인다.

온 마을에 눈이라도 내리면 꿈마저도 숨을 죽이고, 덤불 사이로 총총 다니는 화려한 멋쟁이새만 새하얀 겨울 풍경에 한 점 색채를 더하는 곳 – 이 평온한 전원 풍경은 여느 시골 의 그림이 아니다. 바바 두냐가 생의 마지막으로 찾은 마을 의 거미들은 미친 듯 괴상한 모양으로 거미집을 짓는다. 매 미들도 다른 마을의 매미들과는 다른 소리로 운다. 암수 불 균형인 새들도 유난히 시끄럽게 지저귄다. 모자라는 짝을 찾아 목청껏 외치는 수컷 새들 때문이다. 눈이 없는 고양이가 태어나기도 한다. 모두 방사능 오염 때문이다.

체르노보 마을은 1986년 원전사고가 일어난 후 더 이상 사람이 살 수 없는 '죽음의 지역'이 되었다. 이곳에 바바 두냐가 돌아온다. 사람이 살 수 없는 곳에서 살겠다는 할머니의 비상식적인 귀향은 매스컴을 통해 널리 알려지고, 몇몇 이들도 뒤따라 들어와 이웃이 된다. 팔에 링거 바늘을 꽂은 채로 병원에서 도망쳐 나온 말기 암 환자 페트로프, 남은 생명줄이 오늘내일하는 100세 넘은 노인 시도로프, 우울증에 걸린 마르야처럼 말 못할 사정을 가진 이들이다. 그리고 마을에는 '죽음의 지역'의 진정한 주민들도 있다. 이미 묘비에 자신의 이름이 새겨져 있음을 알려 하지 않고 휘휘 돌아다니는 망자들의 유령이다. (이들은 바바 두냐의 눈에만 보인다.) 일찍이 세상을 뜬 남편 예고르도 유령이 되어 곁에 머문다. 이런 마을 구성원 탓인지 바바 두냐를 둘러싼 환경은 얼마간 비현실 또는 초현실적으로 보이기도 한다.

한편 체르노보의 바깥세상 사람들의 방사능 공포는 여전하다. 그래서 마을을 찾아오는 이들은 방사능 보호복으로 단단히 무장한 연구원들이나 기자들뿐이다. 연구원들은 두냐가 손님 대접으로 내놓은 버섯절임을 채집해 가고, 밭에서 기른 토마토를 고무장갑 낀 손으로 만진다. 그런데 외부와 단절되어 시간마저 멈춘 듯이 조용하기만 한 마을이 발

칵 뒤집힌다. 어느 날 낯선 남자가 어린 딸을 데리고 들어오면서 예기치 못한 살인 사건이 벌어진다. 마을 주민들을 대신해 살인죄를 떠맡은 바바 두냐는 앞으로 고향에서 남은 생을 보낼 수 있을까?

체르노빌 지역의 알레고리인 체르노보는 기괴한 판타지이자 악몽으로 묘사된다. 소설 중간에 망자들이 갑자기 튀어나와 아무 말이나 하며 헛소리를 하고 사산된 아이를 보며 엄마는 미소 짓는다. 이런 장면들은 체르노빌 원전 사고의 비극을 묵시적으로 증언한다. 죽은 수탉, 죽은 남편 예고르는 이런 바바 두냐의 모습을 목격하며 이곳이 산 자들의 땅이 아니라 망자들의 땅임을 보여 준다.

이 악몽을 껴안기 위해 바바 두냐는 마을을 떠지나 않고 체르노보에 남는다. 결국, 이웃을 위해 살인자의 누명을 뒤집어쓰면서 감옥으로 간다. 사람들은 모두 남성이 아닌 여성 바바 두냐에게 '어떻게 좀 해달라'고 말한다.

원전 폭파사고로 완전히 폐허가 된 체르노보처럼 바바 두냐의 손녀 또한 사랑과 이해 없는 가정에서 자라나 상처를 내재한 채 방황한다. 사람들이 떠나는 땅을 지키는 것과 자신의 손녀를 위해 한 단어씩 영어를 배우는 것, 그 모든 일이 그가 가진 인내심과 희생, 그리고 사랑의 힘에서 잉태된다.

원자력 발전소가 자본주의와 이성 중심주의의 폭력성을

상징한다면 의사가 된 바바 두냐의 딸 이리나 또한 이런 폭력성과 성과주의 속에서 교육받고 자라났으며, 결국 이리나가 지은 작은 체르노보(가정) 또한 파괴된다. 체르노보를 방문한 엘리트 의사들, 그리고 기자들과 달리 간호조무사로 살았던 바바 두냐는 마을 사람들을 돌보며 그곳의 비극을 몸소 깨닫는다.

원전 사고의 비극은 인간이 지닌 이성중심주의와 성과주의, 더 거슬러 올라가면 가부장제가 만들어낸 것이며 마을 체르노보와 그곳에서 사는 여성들은 모두 동질적 존재이다. 원자력 발전소와 가부장제가 만들어낸 허구성은 원전 사고라는 하나의 사건으로 철저하게 그 참상을 드러낸다.

바바 두냐의 손에 그려진 문신이 눈동자로 변하는 모습은 가부장제가 어떻게 에코 페미니즘으로 극복되는가를 상징하며, 진정한 우리 시대의 문학적 위상을 보여 준다.

브론스키는 30여 년이 지난 원전 사고를 다시 한번 이 세상으로 불러들인다. 하지만 저자는 원전 사고와 그 이후의 불행에 대해 신파조로 감정에 호소하지 않는다. 피폭의 피해는 바바 두냐가 전해주는 마을 유령들의 내력에서, 일곱 달 만에 사산한 아기와 곧 뒤따라 죽은 아기 엄마의 회상에서 간접적으로 드러난다. 방사능 오염 지역이기에 결코 정상일 수 없는 동물과 식물, 환경, 사람들에 대한 묘사가 오히려 희극적으로 다가온다. 하지만 그 속에 들어 있는 불행의 무게는 결코 가벼울 수 없다. 2011년에도 발생했던 후쿠시마 원전사고, 일상에 존재하는 라돈 등의 방사능 문제. 결코 먼 과거의 사건도, 우리와 상관없는 주제도 아니다. 바로지금 우리의 문제다.

송소민

세상의 모든 여자는 체르노보로 간다

2021년 4월 26일 1판 1쇄 펴냄

지은이   알리나 브론스키

옮긴이   송소민

펴낸이   김성규

편집   김은경 조혜주

디자인   김동선

펴낸곳   걷는사람

주소   서울 마포구 월드컵로16길 51 서교자이빌 304호

전화   02 323 2602

팩스   02 323 2603

등록   2016년 11월 18일 제25100-2016-000083호

ISBN   979-11-91262-33-9 (04800)

   979-11-960081-4-7 세트